武码头

王圣贤 著

团结出版社

图书在版编目（CIP）数据

武码头 / 王圣贤著. -- 北京 ： 团结出版社，
2021.2
ISBN 978-7-5126-8461-4

Ⅰ．①武… Ⅱ．①王… Ⅲ．①长篇小说－中国－当代
Ⅳ．①I247.5

中国版本图书馆 CIP 数据核字(2020)第 226490 号

出　版：团结出版社
　　　　（北京市东城区东皇城根南街 84 号　邮编：100006）
电　话：（010）65228880　65244790
网　址：http://www.tjpress.com
E-mail：zb65244790@vip.163.com
经　销：全国新华书店
印　装：天津盛辉印刷有限公司

开　本：170mm×240mm　　16 开
印　张：13
字　数：140 千字
版　次：2021 年 2 月　第 1 版
印　次：2021 年 2 月　第 1 次印刷

书　号：978-7-5126-8461-4
定　价：55.00 元

作者简介

　　王圣贤，1969年出生，安徽全椒人，现居济南。独立学者，"心事集合"理论创始人，中山大学管理学院EMBA。著有《心事集合》《功夫天下》《武码头》，发表过多篇论文。2019年赴美访学一年，在美国传播中国功夫和书法。

　　做市场营销；

　　给总裁讲课。

　　当经理给老板扛活；

　　做创客为自己拼搏。

　　痴迷螳螂拳，勤练螳螂展翅；

　　精研太极拳，深究智劲神明。

　　学科学文史哲，求证比较古今中外；

　　习经典儒释道，合三为一通众成圆。

　　左把吴钩，断金断玉断流水；

　　右执狼毫，写文写武写人生。

作者微信二维码

作者今日头条号：太极通文武

王圣贤先生书法作品

真

戊午 十月 圣贤书

王圣贤先生书法作品

王圣贤先生书法作品

自序

钥匙就在门闩后

清末，中国传统社会开始崩塌。三千年未有之大变局，开启。

民国前后，传统社会的典制余韵犹存。乡里乡亲，交往简单，邻里彼此熟透透的。

外出锁门，是程序，不是防偷。钥匙并不带在身上，否则，家里其他人回来进不了家门。多数挂在门后的门闩上，有的放在门头上的楣缝里，伸手就能摸着。家中无人时，有亲戚来了，隔壁大妈就会过来，摸出钥匙开门，烧水待客。

城镇码头，三教九流。大江大河带来了异样乡风，丰富了码头的生态。城镇是当地人的集市，码头是外来人的入口。西方所谓的现代文明就是从码头冲入中国。于是，城镇便失去了单纯和童真。手艺，让位于工业化大规模生产；武艺，敌不过热兵器。

传统功夫是乡村式慢生活熏陶下的纯粹，是身心修炼到极致的直觉性体悟。这种以个体为基础的修炼方式如波浪，能一个接一个激荡起瞬间的高峰，虽高却无法固化和累积。

武林、武艺，到了现代社会就成了传奇，成为掌故。掌故，是旧制、旧例，是关于历史人物、典章制度等的遗闻轶事，或者说考辨故事如在指掌。这些典制，正史往往不做记录。遗闻轶事也是些风俗行为并口口相传，但也不可等闲视之。事虽微小，却能见世变之迹，窥机隐之密。孔子说：礼失求诸野。乡村的风俗，江湖的规矩，虽然进入不了庙堂之高，却是民间社会一刻也不能少的。少了，社会很难运行。

太极，汉文化的一个根源性思想，其哲理对世人的影响根深蒂固。不仅是哲学，更是中国独特的生命修炼之道。太极拳，以太极思想精髓为内核，外化成兼具搏击和养生之术。是武，是艺，是学，更是道。太极拳理精法密，招式、动作既是直觉基础上理性计算的体现，又是日积月累练出来的功夫。武术，关乎身心体验之艺，多为心口相传。虽有文字记载，却也是歧义百出。盖因能练出功夫者，不善为文。有文字能力者，缺少功夫上身的体验。于是，真功夫到了当代就失去了绝活之真，只剩下传奇之说了。

武艺，只能在掌故里，窥得真法秘籍。当代人只能在一个个老去的武艺人故事中，寻找门闩上的那把钥匙。

太极拳，一个用身体传承的文化密钥。存在于身心之内，混迹于码头之上。身体的武化抑或文化，我在晨练传习中悟得一星半点，于拉呱闲聊间留心草蛇灰线。兴之所至，遂笔谈墨戏，虽佯狂却也言真。真否？读者诸君自辨。

是为序。

圣子丁酉年正月十二写于泉城三守斋
己亥年八月十六修改于 USA TIFTON 直松斋

目录

壹　狼毫锋揉太极字

泉城，大明湖边，一个斜搭在高墙上的窝棚。窝棚里有床无桌，床上铺着块大木板，便成了桌子。水宗一坐在马扎上。左脚尖朝床，右脚右斜，与左脚呈约四十五度。右手虚捏竹笔，犹如捏柄鱼肠短剑，松肩坠肘，在一张旧报纸上写下刚刚酝酿成的一首诗。此刻，他下巴微收，坐在马扎上的屁股，外形看不出来有啥异样，里面的尾根向后微微上翘，如欲大便状，此姿势正是太极拳的不传之秘——尾闾后翘，这是该拳的独特之处。笔走龙蛇之际，但见他松握笔，悬垂肘，轻转腕，腰裆微微螺旋，顷刻间，一幅书法已经完成。

半生拼搏已成翁，
独立茅庐笑晚风。
文少真经眸不入，
武多花架劲难通。
练拳需分功真假，
实用方知色相空。
念念都含螺旋意，
一圆在手道当中。

1

写成之字，似隶非隶，如楷非楷，却也刚柔一体，方中含圆，圆中有直。乍看，字字安静，不动如山。细品，笔笔缠丝，力道十足。

"嘎吱"一声门响，一个身影走进棚内。棚内光线暗，来人闭了闭眼，调整视力适应昏暗。

"刘辉呀。"水宗一头也没回，听脚步声就知道是自己的徒弟来了。

"师父好！"刘辉恭敬地喊道。

"嗯。"水宗一应道。

"师父，我在练太极拳基本功——画圈。当右手掌心冲左肩时，要转手换劲，中指领着劲，往外开出去，不自觉地就起肘了，始终做不好。"刘辉问道。

"辉子，你太紧张了。今天不讲拳，给你说说写字吧。"水宗一道。

"写字！这和太极拳有啥关系呀？"刘辉大惑不解。

"来来来，你先坐下，别急，听我慢慢说。"水宗一边说边拿起床上的大烟斗，刘辉忙划着火柴替他点上。

"写字，写到一定程度，就进入书法的层次了。书法，是一门流传几千年的文化印记，也是轨迹。书法最重要的工具是毛笔。软软的毛，沾上墨水，在宣纸上留下运笔的线条，粗细、轻重、浓淡、枯润对立统一，其劲力藏于横平竖直间，显于曲折灵动处。

"有人说，写书法靠手腕的灵活，舞剑同理。实际上，就和你正在练的'正手圈'一样，当右手转到掌心冲着左肩时，手腕要自转了，但仅有自转是远远不够的，在中指领劲将手开出去的同时，腰裆要同时向右螺旋。手领肘，肘领肩，肘腰皆不能先动。只有腰裆

2

侧转、手的公转和自转配合好才能出整体螺旋劲。"水宗一说。

"写字，还要用整劲？"刘辉感到新奇，边说边腰手配合着按照老师刚才讲的要领画着"正手圈"。

"嗯，不但用整劲，且毛笔只能虚捏，不能用力握着，又不能让笔掉下来。这和太极拳一样，不能用力，却又不能一点力也不用。"水宗一吐了口烟，看到徒弟疑惑的模样，心中有着几分儿童般的得意。

"这个不对吧。"刘辉因不敢肯定自己的观点而小声嘀咕道，"我上学时听老师讲过，在写毛笔字时，有人从后边猛地抽你的毛笔，若抽不动，说明你有功力，抽出来了，证明你写字的功夫不行。所以，我写字时都是紧紧握着笔。"

"老师说得没错，是你理解错了。用力捏着毛笔，绝对写不好字。"水宗一的口气特别肯定。

刘辉拿起大木板上的毛笔，执在手中，用力捏着。

"你这是双钩执笔，写小楷行。如果这样站着写大楷，则不灵活。晋唐古法执笔是单钩，类似于现在握自来水笔的样子，大拇指和食指虚捏着笔，笔管靠在中指上。

"捏笔之手一定要自然，松松的，虚虚的。所用的力度，不要让笔从手中掉下来就行。一点力不用，捏不住笔。用力过大，手指就不灵活了，写不好字。这正是你们很多师兄弟一直在问的问题，练太极拳用不用力？用力，用多大力？猛兽生小兽，要不断转移，怕天敌寻到了。小兽这时不太能走，老兽用嘴含着小兽的脖子，用这样的方式带小兽走，外表看起来是用牙咬住，实际上是含着。这时的力道，大了，小兽会受伤；小了，小兽会从口中掉下去。"水宗一侃侃而谈。

刘辉问："那为何从后面拔不出来毛笔呢？"

水宗一回答道："只有松松地执笔，即使在不注意时从背后拔笔，手指也能快速反应将笔捏住，所以，拔不出来。松，才能反应快。你若是用力捏着笔，无法灵活运转不说，且写不了多少字手就会酸了。

"书法晋唐为古法，宋后为今法。现在古法已近失传。中国自唐以来，以文取士，文靠字显，字彰文力。清朝殿试点状元，在前三甲里产生，文章如果不能分上下，就要靠书法的功力。往往书法上胜一筹者，就点了状元。王羲之的《兰亭序》，文美字秀，书法的神韵竟然盖住了章句的优美。或者说，文、字、人合一，通合了大道。

"但今天少有书法神品问世，一则书写工具变化了，二则人心浮躁，沉不下心来横平竖直了。最为重要的是，书法之道失传了，或者说今人破译不了古人传下的书法之秘。

"书法的传承和武术一样。私塾，口口相传。不立文字，概念容易产生歧义，反而伤及法统本身。即使有文字传世，也是内外有别。书法之道传世的分为书谱和书诀。书谱是对外人讲的，属于显白术。浅显，让普通人知道点皮毛。

"书诀是对行家讲的，属于隐微术。诀，要死之人讲的真话。往往一字含百意。文字之间加了密码，是对高手说的意会之言，需要真正的行家进行破译，才能通晓悟得。"

水宗一继续娓娓道来："小名字是秘诀。小名字是父母喊的乳名，却更能反映一生的命运。永字八法。八法都有自己的小名字。点叫侧，顺手一落，势足收锋。横为勒，逆锋缓去，欲左先右。竖曰弩，中锋力足，曲势见直。钩是趯，驻锋提笔，弧带下策。提为策，仰

4

横斜挑，策马之鞭。撇称掠，出锋稍肥，篦之掠发。短撇为啄，快而峻利，鸟之啄食。捺为磔，波浪之态，刀劈之势。"

水宗一一口气说完八法之名，如数家珍。因是古字之音，刘辉只听懂一半。水宗一见刘辉有点茫然，就拿过一张废纸，写出来侧、勒、弩、趯、策、掠、啄、磔八个字来。

水宗一接着说："今天只讲两法，侧和趯。为啥只讲这两法，因为这两法与太极拳有着密切的关系。永字八法，第一法，侧。侧是八法之首，又是八法之根。顺手一落即为侧，侧横出即是勒，侧竖下即为弩，侧左撇就是掠，侧右捺就是磔。所以，侧既是八法中的第一法，又是贯穿其他七法之中的劲力。勒不是单独成立的，应该叫侧勒，弩也是侧弩。我的观点和别人的不太一样，侧笔是出锋的，露锋的字才灵动自然，藏锋的字写不好就呆滞不活。但练字态势上的欲左先右是要的，所谓藏不住，露不出。这只是意识上的，笔落纸上，就不可能用回折的方式来写横，那样太做作，不自然。书法在于笔法，笔法之要在于缠丝绞转，缠丝绞转在于锋与纸的角度，侧便是缠丝绞转的起始。侧锋一落大约是四十五度左右，这正是太极拳'正手圈'逆缠开手的度数。

"趯是钩，汉字发展到隶书时，竖无钩。练隶书可以让字的间架很正，横平竖直，蚕头燕尾，方正不斜。但隶书的字劲却是断的。楷书出现了趯，别小看这个趯，这个趯把汉字趯活了。竖下一趯，笔勾出来了，提笔在空中画弧线，落在策笔上了，这样的字上下一体，映带左右，全都有了。运笔之密乃笔锋在纸面绞转，在空中螺旋。看得见的是纸上的字形，看不见的是笔在空中运动的弧线。所谓笔断意连，意连就连在这看不见的弧线上。有趯之后，笔在空中运行就有弧有圆了。真楷，字方劲圆。藏锋的含蓄雄浑，露锋的自然灵动。劲圆字方的内在力道，才和谐统一。阳放阴敛，阳刚阴柔，粗细、浓淡、枯润对立统一，书法的道统法脉才真正形成。"

原来，笔离开纸，在空中画出看不见的弧线，才是书法之密。刘辉本来对书法就了解有限，乍听师父的说法，犹如听天书，好像在自己的面前打开了一幅高深而读不懂的画卷。

"侧和趯，确有奥妙，这与太极拳何干？"刘辉问道。

水宗一说："问得好！前面我教学生，恨不能钻到学生肚子里，把平生所学，全部掏出来。但太极拳理精法密，纯粹从技术角度来传授，因其高深，受众很难理解。从今天开始，我要换一种方式，武学文传，用书法来教太极拳，用生活中的日常动作，来比喻太极拳的道理。你是我最小的关门徒弟，真经今天传给你，希望你要珍惜。

"太极拳和书法一样，也有八法：掤、捋、挤、按、採、挒、肘、靠。掤者，古读兵（音），指的是圆形的箭筒盖。又读'朋'音。二月为伴，是友非敌。"

水宗一接着说："掤字，篆书，手字加朋字，篆书都是向上的箭头，说明掤劲是向上向外的。两个月字，第一个月指的是太极真理的本体，第二个月是对真理的模仿学习。一个是客观，另一个是主观。客观是百分之百的太极真理之道。主观是对'太极道'的学习和探索。从龙骨上的古文字来看，掤是手执环形玉圈，说明掤劲是圆的。掤，广义上讲是内劲，即缠丝劲。狭义上说是着法，即掤法。和书法中的侧一样，掤劲贯穿着所有的劲法，捋，即掤捋。挤，也是掤挤。无掤不成劲。"

水宗一边说边拿过一张纸来，用篆书把掤字写出来。

6

水宗一说："唐张怀瓘说，'迟涩飞动，勒锋磔笔'。很多人认为写字要慢，迟涩嘛，但这样写出来的字，很呆。其实飞动的字才美。但快慢只是写字的表现形式，快了容易溜滑轻浮。有功夫的书家，写狂草也非常人所想象的飞快，而是如手执二十斤的水罐在运行。太极拳也是一样，慢练时，腿上吃功夫。快用时，要缩小加密，这样才能迎敌。"

水宗一边讲边写，就如大学里的教授般专业、专注。

水宗一说："太极拳母式是金刚捣碓，拳谱上有诗云，'捣碓着法变无穷，掤捋挤按基本功。马弓盘虚步十变，顺逆缠丝赛游龙'。第一个式子'金刚捣碓'，七组动作，身法左、右、左、右、左，共旋转了五次，这个旋转就是书法之侧，侧转。第二个式子'拦擦衣'，五组动作，身法左、右、左、右、左，共五次侧转。第三个式子'六封四闭'，五组动作，身法左、右、左、右、右，也是侧转五次。前三个拳式共十七组动作，身法左、右，左、右连着侧转了十五次。侧与正相对，表示左右或倾向于左右的意思。十七组动作左右侧转了十五次，说明了侧转之重要。别小看这个侧转，它能瞬间调整身形和角度，一个侧转就能改变出手的角度和打击力度，能封困住对方的手脚，让对方处于背势，有力也发不出来。这个侧转是我总结出来的。之于身体而言，侧转就是腰裆螺旋四十五度左右。书法的侧落和太极拳的螺旋侧转竟然一样，你现在可能理解不了，但你记住了，这可是太极拳的秘密所在呀！"

水宗一又加重了语气说："太极拳入门就是松沉侧转，身法大于手法。手上中指领着点劲就行了，对一点错一点问题不大。但身法和腰裆动错了，肯定练不出来螺旋劲。以前我教学生，要求转丹田，结果不少徒弟练成转肚子。后来，改为要求转腰，结果不少人练成屁股转来转去。最后，我只敢说胸向右前上斜角，或胸略向左前上斜角，这是不得已而为之。其实就是侧转，螺旋着向一边旋转。比如左侧，就是身子左斜转，左裆松塌合住左腹股沟，即塌住裆劲。右胯螺旋拧开，右膝微坠，劲力从右腿螺旋斜缠上来。围绕脊柱螺旋，但脊柱不能移动位置。即使手法上做得不到位，只要身法对，照样能把人发出去。你来打我肚子，试试看。"

刘辉将信将疑地走上去，蹲好弓步，却不敢出拳。他从小就跟少林拳名家朱龙漳练拳，十几年的功夫，又正值青年，身强体壮，担心一拳下去把老师打坏了咋办？

"使劲打吧，辉子。"水宗一手端烟斗笑眯眯地说。

刘辉一狠心，挥拳就打。就在拳挨到水宗一肚皮的瞬间，好像没有了阻力，手已经完全伸直了，劲也用到极限。拳面似乎接触到肚皮了，只是那肚皮不是硬实而是软活的。猛然，一股劲力，从水宗一肚皮的内里一侧旋转出来，顺着手缠绕过来，瞬间就到双脚，刘辉的身子不由自主地向后倒去。他连忙后跳，连跳了两跳，还是没有调整好，摔倒在床上。把床砸得吱吱地作响。

"咦，我的乖乖。神了！"刘辉表示惊讶和不解。

"嗯，懂了吗，这就是身法，不需要手照样把你发出去。"水宗一笑道，"看看床有没有让你砸坏了，砸坏了，你要给我修好，不然我没地方睡觉和写字了。"

刘辉伸了一下舌头，摸了摸床边，很粗的枣木床边已经被砸断了。

水宗一几分严肃又含着玩笑道："你小子真敢打呀。当年，我从

杭州回来，就让你师父朱龙漳打。令师是窦来庚的高徒，一套少林
拆，纵横武林，他只是用拳头顶在我肚子上试了试，就松了手说打
不得。"

刘辉有点发窘，为自己的莽撞而后悔，同时，为水宗一的功夫
所折服。

水宗一与朱龙漳都是泉城武林界响当当的人物。朱龙漳在杭州的
擂台上打过擂，拿过名次。教了刘辉十年，见刘辉基本上掌握了自
己的东西，先是介绍跟南劲松老先生学十路谭腿，后来又领着来拜
水宗一为师学习太极拳。刘辉练惯了刚猛的路数，乍练太极拳，非
常不得劲。太极拳的要求、规矩、法理，与自己前面练的完全不一
样。一段时间后，回去和朱龙漳说不想练了，被朱龙漳好一顿敲打，
才坚持下来。

水宗一谈兴正浓，又道："今天我创作了一首诗，高兴！就再告
诉你一个玄之又玄的秘密吧。这个你可能更不理解，但是你要牢牢
地记住，今后慢慢体悟吧。中指领，腰裆催，尾根后翘人即飞。尾
根后翘即书法中的趯（钩）。趯把汉字的内劲钩通了。太极拳中的竖
钩，就是脊柱最下面的尾根——尾巴桩子，尾根往后上钩把人体的内
劲给钩通了。

"太极拳的发人，劲力发于哪里？很多拳谱上说，起于腿，发于
丹田。但我家的太极拳好像不是这样，我在和别人推手时，把对方
打得蹦起两尺多高。丹田鼓荡的是气，尾根钩的是结构之劲。尾根
后上翘，猛地向左或右一甩，身体侧转，对方就飞了。

"挑担子发力，水牛顶角，恶狗对咬，全都要翘尾，不翘尾，发
不出全身整劲。狗只有咬败了，才尾巴下垂，夹在两条后腿间，表

示认输臣服。"

刘辉问道："我平时练得自觉不错，但和师兄推手，或和外人切磋时，却用不上。"

水宗一道："练式为真，体用是草。真书法度森严，草书随曲就伸，任意为之。练法守的是规矩法度，打法用的是随机应变。练时随意，不守规矩，是练不出功夫来的。用时不知权变，肯定不能实战。练时，手在什么位置？啥角度？双腿如何分布虚实？差一点也不行。但是，打起来，你既要守法度又要随机随势地变化。教你对方出左拳该如何应对，这只是在告诉你应对的原则和效果，对方出右拳了，你还是守着学的如何应对左拳的规矩，不挨打才怪呢。"

一事通百理，同样一个丸儿，在衲子手里叫菩提子，打你是让你开悟；在武人手里叫飞弹子，打你是让你服气；在文人手里叫如意子，打你是通你文理；在女子手里叫相思子，打你是动你心魂；在账房手里叫算珠子，打得你一退六二五，分毫不差，一清二楚。

水宗一接着说："先贤王宗岳在《太极拳论》说'偏沉则随'。偏沉，就是躯干向一边侧转，这个侧转，不能理解成把身体重量转移到一条腿上，而是合住裆劲守着一个中。双重就是出现两个中了。一个轮子有两个中轴就没法转起来。随嘛，六十四卦中有《随》卦，随，元亨利贞，无咎。卦象是上兑下震。震是雷，为动；兑是悦，动而悦就随了。随是顺随。太极拳舍己从人。舍己，如何舍？舍己不是不要自己了，而是偏沉侧转，舍掉自己的一侧，顺随对方，但自己的中是要守着的，要不然就全舍了。全舍是丢，一点不舍为顶，都不是太极劲。守着中，通过旋转，舍掉一侧，顺随对方，就能牵动借助对方的力量，才有可能用小巧力打击对方的大拙力。双重，自己没法转，也顺随不了对方，无法实现舍己从人，所以双重则滞嘛。"

　　刘辉似乎有点懂，也不是全懂。只是隐约觉得今天师父说的东西与往日不同，既深奥又清晰。刚听时，新鲜玄妙；细琢磨，豁然开朗；再分析，深不可测。我一定要按照师父的要求勤悟苦练，练出太极拳真功夫。刘辉暗下决心。

贰　回首来路满烟云

水宗一喜欢抽烟，有一个用崖柏木雕成的烟斗，这是他的最爱。知道他好这一口，一个有心的徒弟，就进入山中，在一处悬崖上找到一段枯死的崖柏。崖柏生长极为缓慢，年轮细如发丝一道道紧紧地挨在一起。枯死在崖上的最少也在百年之上。大自然的风霜雨雪，日月照沁，就形成一层厚厚的"包浆"。老崖柏本身油性极大，加上烟油的沁润，随时随地摩挲把玩，这烟斗呈现出暗黄红色。那暗是一种色泽的内敛，不是外表亮，而是从纹理底部透出来的玉一般润暗。烟斗通体都是线纹猫眼，如豹子身生的斑纹。水宗一烟瘾大加上喜欢，一直都是烟斗不离手。平日里，右手握烟斗，斜横于右胸前，肩松如绳挂，肘垂似坠砣。如遇熟人，举手打招呼也是右掌一转一扬。抽烟、扬手都是暗合太极拳的手法身形。

坐在床上，半倚着床头，水宗一随手从床头的铁盒里捏了撮烟丝，按在烟斗里，压实后，用火柴点上，深深地吸了一口。随着吐出的烟雾袅袅散开，水宗一陷入了沉思和回忆中。

时间真快呀！弹指间六十多了。眼前的窝棚与儿时的祖屋差别太大了。

三进的大院落。最喜欢北屋的青石大门槛，几代人的踩踏，磨得光滑如镜，墨绿色的质地近似于玉，夏日躺在上面，凉气沁入肌肤。

12

那个病弱弱的少年呢？

那个喜欢在河中游泳的小瘦子呢？

祖上虽非贵族，却是大家，在当地也是名门望族，文官武臣也出了几位。祖宅所在乃吴楚冲衢之地的一座县城，真是不东、不西、不南、不北。民风淳朴中含着彪悍。南方人的缜密，北方人的粗犷，东边人的灵巧，西边人的豪放，都有。县城的地理很是特别。一条玉带河流到县城时，环绕城一圈后向东流去，形成一条天然的护城河。城内一条主街道水家巷"S"形将小城一分为二，其他街道皆通与水家巷，也都弯弯曲曲随着地形高低错落，无一条街道是直的，竟是一幅天然的太极图。城南是南屏山，山上有座乌龙塔。一般好风水都是山在北，水在南，背靠山，面临水，小城却正好相反。有风水先生说："此地前有南屏山似笔架，后有玉带河似文官系腰的玉带，为玉带水，乃出文曲星之地"，文人倒真是出了不少。县城的地是宝地。玉带河年年发水，山洪涛凶，中下游皆有水患，唯独下游这座被水环绕的县城安然无恙。老辈人都说，县城的地是浮萍地，活的。水涨它也随着漂浮，因此，淹不着。小城出名倒是因祖上的太极拳。先祖追随戚继光抗倭，杀倭杀出的战功，解甲归田后，将杀倭杀出的经验总结出来，和着几千年的太极文化，自创出十三势长拳——太极拳。自己在杭州杀了日本的剑客，也算是继承祖志吧。

后来，有一代先祖，重金聘请了一位堪舆大家，想找一处风水宝地厚葬祖上。堪舆大家费时一年，踏遍了县城的所有地界，也没找到。倒是看懂了小城的风水。告诉先祖说，城南南屏山不是笔架而是拳架，山势正好是太极拳的单鞭，主峰是头，左峰翼然似掌，右峰回曲似勾。不懂者误为笔架，实则是拳架。后面玉带水环绕一圈，正合太极图意。这风水是出将的地势，且不是出一般的武将，而是儒将。此地也非浮萍地，浮萍无根，随水漂流。县城乃是莲花宝地，莲花处于水中而高于水，水只能润养莲花却淹不了莲花，只是还没有找到花心宝穴在何处。

古语云，负阴抱阳，阴柔多而刚阳少，阴大而阳小。阴柔为体，刚阳为用。这个风水正能助力练功者出功夫。后来，战乱家族迁杭州，正是因为西湖之地势风水也是阴柔之态。自己杀日本剑客后，逃匿隐居济南，也是因为济南的风水与小城相似。北边是黄河属大水，城里是一城山色半城湖的大明湖，且是更阴柔的泉水汇集之所。正南面是千佛山。此地势正好将南方丙丁火挡住，而北方壬癸水则集聚在千佛山下，正是采集阴柔之气的绝佳之地。家传太极拳练功行拳讲究方位，脚手方向位置一点也不能错，真是失之毫厘，差之千里。练拳必须面向北方，北方玄武之位，北方七神之宿，实始于斗，镇北方，主风雨。水为万物生长所需，且水能灭火，所以玄武有水神属性。四灵之一玄武乃龟蛇合体，因此，又是生殖之神。再者，北宫玄武七宿之第一宿斗宿，又称南斗。《搜神记》引管辂的话说："南斗注生，北斗注死"，拜南斗可以增寿。众菩萨中缘何观音面北，就是慈航道人有颗温柔慈悲的心怀，感化众生回头是岸。太极拳妙就妙在众皆朝南，我独回头面北。一回首，一通百通。

那堪舆大家堪到年尾，虽把小城的风水搞明白了，但并没有找到宝地，只好告辞。先祖在城西的玉水楼设宴送别。时值隆冬，大雪飘飘。酒酣之时，堪舆大家推开西窗赏雪，但见远处大雪之下一簇垄丘被雪覆盖，如莲花瓣之状护着中间一个圆形小山，真是踏破铁鞋无觅处，得来全不费功夫。天天往外跑，不曾想宝地就在眼前。

后来，先祖买下那片莲花垄，将先辈们的坟墓都迁葬于莲花垄。那莲花出淤泥而不染，濯清涟而不妖，具有佛性，常伴在佛祖身边，且莲子众多，也真是好地好寓意，好山好风水。

堪舆大家的眼力果然厉害，之后小城出了几位武将。而他们这一族，人丁兴旺。他这一辈，兄弟姐妹更是多，三个哥哥，三个姐姐，房下的兄弟姐妹上百人之多。他是老幺，族中这一辈中最小的一个。常言道：爷奶疼长孙，爸妈宠幺子。儿时多病，母亲请来当地最有名的瞎子，给他算命。瞎子被一个小孩领来，母亲报了生辰八字。瞎子掐指片刻，脸色大变，站起来就要走。嘴里一个劲说命硬命长，算不得，算不得。母亲一再请求，又加了两倍的银子，瞎子才重新算起来。又从上到下用手摸了他的骨骼，才说，这孩子有三关。七岁，一关，忌水。七十二岁一关，忌火。九十一岁一关，忌金。三关过后，真人之身，可以不死。

家人惊恐，于是桃木剑，狗血染的渔网，帽子上的银战神成为他的必配品。睡觉时，大姐、二姐一边一个守着。大家有大家的规矩，虽然一路传承下来已经有些衰败了，但规矩不少。老幺虽宠，但从不溺爱。吃饭、睡觉、私塾、练功，就如狮子进食，越雷池一步，就会被惩罚。

少年时，偌大的庭院，私塾老师，死板而固执地教他背诵不理解的古文。请来的先生据说是帝师的后人，干瘦清癯，长于律诗楹联，书法更是以镏篆独步。以《论语》《孝经》开蒙，这也是汉代以来私塾的规矩。先生将课程和要求誊写在一张大纸上挂在墙上，那字煞是好看，点如桃，竖如柱，捺如刀。

日课

诵读生书：左传、礼记

温习熟书：论语、孝经

讲解书：小学（每一句四次）

看书：资治通鉴（一三五七五页）

朱子小学（二四六八三页）不懂处做记号问先生

写字：魏碑二十字（每天）

说文解字五个字（先生初浅教讲音训）

练字临帖，按照先生制定的顺序，先练小篆、草书，再练隶书、楷书。

老师的开场必吟唱："君子之道，淡而不厌，简而文，温而理，知远之近，知风之自，知微之显，可与人德矣。"

比起难懂的古文，他更喜欢老师讲解的诗词。

"春到小城柳眼开"，老师虽瘦，诵诗的声音却洪亮，特别是在讲解自己的诗时。何为柳眼？早春初生的柳芽如人睡眼初展。陈三立《寓园春集和伯纯》诗云："栉根释雪痕，柳眼碎烟缬。"《红楼梦》第七八回："惊柳眼之贪眠，释莲心之味苦。""我诗正取其意。走，出去看看。"老师说。花园的水塘边，垂柳依依。柳条上的芽拱起真的如睁眼。栉，木砍断后长出的新芽。缬，织布上的花纹。多么美的诗句呀。

哎，老师呢？可能早已作古了吧。

烟丝燃尽，水宗一才从回忆中惊醒。

填上烟丝按实，划着一根火柴，点着。猛吸一口，在肺腑中转了一圈，留住了烟的精华，才将废烟吐出。和着火柴燃烧的硫黄味，水宗一的思绪又再次回到老师身上。

老师教他时，家道中落了，却一身干净的布衣，一脸的不卑不亢，儒雅温和中带着倔强和耿直。多年后，水宗一觉得自己的言行举止就受老师的影响。只有这时，他才理解古代为啥要立天地君亲师的牌位。自己也更加小心谨慎，懂得为人师表之责任。

老师给自己上的最有价值的一课，就是让自己明白汉字含义之矛盾复杂，从此他对《说文解字》痴迷上了。字、词必须搞清楚原义，否则无法恰当地使用。

"理字何意？理，就是从石头中发现玉。"老师自问自答。"懂了在石头中发现玉这个过程，你才能懂'理一理''道理'等词语的意思。"老师非常喜欢水宗一"打破砂锅问到底"的态度，讲解起来更带劲。师生之间也是一种相互印证和激励。学生的渴望和质疑，往往会激起老师的解惑和联想，此时就能信手拈来，旁征博引。

"那么洞呢？洞者，明也。比如有句成语叫洞如观火，明白地就像看到了火光。洞者，幽也。比如洞房，幽暗的房间。"老师诲人不倦，自得其乐，讲课不像是讲课，倒像是在享受一块甜美无比的糖，且又急不可耐地要把这甜美的感觉分享给学生，大家一起来享受甜美。

一个"洞"字，既当明讲，又有暗意。这不是矛盾吗？一个字竟能表达两种相反意思。正是对这矛盾的追问，他才从老师那里初步明白了阴阳、太极等传统文化知识。这些知识、道理渐渐沁入自己的思维和行为中。而他的哥哥们对这些极为反感，只是痴迷于练习家传太极拳，且经常欺负他。父亲见他体弱多病，教他练拳也不像哥哥们那么严格，仿佛是带着他玩。他小，前面有三个哥哥，还有房下的哥哥们共二十二个跟着父亲学习。他又小又矮，所以都是最后一个教。不过，这倒是有好处，父亲教到他时，他已经是听了看了二十多遍。而且，前面的哥哥们容易犯的毛病和疑问，父亲的纠正和解答，他也听得清楚，看得明白。因此，他总是一学就会，动作一做就正确。如此一来二去，父亲心中甚喜，想不到这个多病的幼子，练拳却有天赋。因怕哥哥们嫉妒，也不说破，依然是一样地教授。只是在无人的时候，强调一下拳势的来龙去脉，原理和用法等。他呢，练拳只为自己有个好身体，身体好了，不用再喝难以下咽的中药了。不像那些哥哥们身强体壮，练拳之后，就是在一起推手、角力，比强斗狠。

等到他十五岁时，家族中组织了一次比武切磋，以此来考校小辈们的功夫。结果大哥、二哥战胜了所有的弟兄们。这时，父亲让他上去和大哥试试，大哥平日里根本没把他放在眼里，上来一个单鞭，右掌直接按向他的前胸。他用右手接住哥哥的右手腕一掤，左手就搭在哥哥右手的肘弯处，这正是父亲教的双手管住对方的单手。右手腕掌根处粘贴在哥哥的手腕外侧，手掌向右前斜角上自转，同时腰裆也向右侧螺旋，搭在哥哥肘弯处的左手也是顺缠合着腰裆的劲，向右前上转，正是採法。哥哥本来认为，单手一按，这个病快快的弟弟就会倒，不想被弟弟採动了根，双腿发飘，身子向着弟弟缠採的右上方前倾，吓得急忙把身子使劲往后退一坐。不想这后坐之劲正是水宗一要借的力，搭在哥哥肘弯处的左手变成了前手，反手圈逆缠向左前上斜角开出，右手轻缠住哥哥的手腕，顺缠往哥哥后坐的方向转了过去，同时，后膝一坠，腰裆顺着哥哥后坐的方向一个左侧螺旋，哥哥应声向后飞跌出去。所用招式正是金刚捣碓的第二个动作和第三个动作。哥哥爬起来就哭闹开了，说这拳没法练了，这么下功夫，竟然打不过一个病号。父亲偏心，一定私下里教了绝招。

水宗一被烟熏回现实中，不由地苦笑了一下。其实，父亲并没有教啥特别的绝招。父亲在杭州岳庙一战，用笨办法抱住对手，与对手同归于尽。不是父亲功夫不行，而是抽大烟抽的。穷文富武，父亲在外教授太极拳，主家都是非富即贵，收入很高。上午教拳，下午空闲，都是看戏喝茶。时间一长竟染上阿芙蓉癖。那鸦片是最消耗元神的，功夫虽在，元气阳神却损耗很大。人上瘾，动物更会上瘾。父亲常在房间里抽大烟，房间里的老鼠渐渐地被大烟熏上了瘾。只要父亲一抽烟，那些老鼠竟不顾有人，白天也大胆地爬出洞来享受烟味。父亲发现后，也不赶撵，如待宠物一样。有一次抽烟时，将一块银圆碰掉滚在老鼠洞口，父亲觉得好玩，只要抽烟就放一块银圆在洞口，不抽时不放。有次，外出几天回来，发现洞口竟然有三块银圆。原来，那些老鼠上了瘾，闻不到烟味难受得要死。银圆的有无，与烟味的有无同步，老鼠急得没有办法，就从别人家里叼来银圆放在洞口，期望烟味能出现。父亲发现后顿觉趣味十足，就一直迷于用大烟训练老鼠叼银圆。

哎！水宗一叹了一声。母子连心，父子天性。虽然父亲离去很久了，有时会出现在梦中，一个人独处时也会想起父亲。古语道，父子不传道，传道瞎胡闹。父子之间的血缘关系，的确很难传艺，但水宗一却独享这份父亲和师父合二为一的感受和感情。

叁 一城山色半城儒

晨曦中，水宗一信步来到通向北水门的长堤上。但见，水波涟涟，荷叶田田，淡红描边的白色荷花点缀其间，如披着绿绮的仙子。这是曾堤，曾堤又称百花堤。在风景秀丽的大明湖上，从大明湖南岸通向北水门的长堤，由四座桥连接起来组成，自南向北依次为百花桥、凝雪桥、竹韵桥、南丰桥。最早由唐宋八大家之一的曾巩修建。《百花堤》诗云："如玉水中沙，谁为北湖路。久翳荒草根，未承青霞步。我为发其枉，修营极幽趣。发直而砥平，骐骝可驰骛。周以百花林，繁香泫清露。间以绿杨阴，芳风转朝莫……"西湖的苏堤是苏东坡看到曾堤受启发而修建。

大明湖以花、柳、亭闻名于世。花是荷花，柳是垂柳，亭是历下亭。荷花、垂柳有一对联传颂："四面荷花三面柳，一城山色半城湖。"历下亭因诗圣杜甫的《陪李北海宴历下亭》诗中的一联而闻名："海右此亭古，济南名士多。"水宗一刚来济南时就上湖心小岛上欣赏过。这些年来，水宗一对这两句话有着深刻的感受。南方的才子，北方的儒生。泉城济南可谓藏龙卧虎，名士多一点也不夸张。民间有四大谜，说的是大明湖的特色现象，即"蛙不鸣叫，蛇不见踪，久雨不涨，久旱不涸"。水宗一的拳场位于大明湖东南边的司家码头。但今天他不是去拳场，而是去访友。

说起来与这位朋友认识，也算机缘巧合。一日在拳场练拳，见一位长者在一旁观看。那长者个子不高，胸前银须飘飘，面慈眸亮。水宗一旦练拳十分专心，视若无人。面北站定，身向左旋，两腿随左转下蹲，松裆弓膝成小正马步。右手走里左上弧顺缠到胸前，左手走外右上弧逆缠到右手前方，双手距离约一小臂长度，双手的中指皆扬向右前上斜角，这是金刚捣碓的第一动。接着水宗一轻、柔、松、圆地展开拳式。拦擦衣、六封四闭、单鞭……径拦直入、风扫梅花、捣碓、收式。一套乾罡捶，竟然两分钟左右就练完了。但见他蹿蹦跳跃、腾挪闪展，双手如风摆杨柳，发出的劲力，啪啪作响；双脚单踏双震，所贯之力，轰然有声。快而不乱，慢而不断；刚在一瞬，脆于整劲。真是将"六度"完全体现出来了。六度即速度、幅度、角度、柔度、刚度、高度。

"好拳！"旁观的长者由衷的一声喝彩，却也是中气十足，且喊好也喊得恰到好处。

水宗一回身微笑，算是致谢了。

长者抚须问道："阁下为何要面北练拳？"

水宗一道："家传之拳就是这样要求的，大概是显示对北方神位的敬意吧。""好礼节！有如此敬畏之心的拳，一定不会差。"长者又赞了一句。二人就这样认识了。

交往了一段时间后，水宗一渐渐地了解了长者的一些情况。这位长者叫刘子岳，大儒，学贯东西，尤其精通易学，水宗一与他相交学了很多东西。水宗一时常向徒弟们感慨，与刘子岳相比，自己的国文功底，只能算是半个书生。所以，水宗一十分珍惜与刘子岳的友谊。今天是应刘子岳之约，赴他家做客。

四合院，院门朝南靠东，青石门槛被磨得光亮温润。双扇素门，只有门环上的铜兽头发着暗暗的金属光泽。进门一个青石照壁，照壁非青砖垒成，而是一整块大石头"凿成"。石上青苔碧翠，一看就是个有年头的物件。壁前有一石槽。槽内，假山立水中，水中碧莲挺立，一青一红两尾锦鲤，转圈游动。那一大块青石照壁，煞是奇怪，上面像是浮雕的荷花，荷花边上一条大肚子龙一样的动物，姿态、体形如真，细看却没有刀刻的痕迹，龙一样的动物和荷花好像原本就是从石头里长出来的。见水宗一好奇的神态，刘子岳介绍道："我在云南教书时，有位老乡在山坡耕种时挖出来此物。众人皆识不得，请我去，当场无法搞清其来源，但知道此物非同寻常，就花钱买下了。后来查阅资料加上自己猜想和推测，此物可能是远古的活物，在一个特定的时刻，山崩地裂或是别的特殊变化，将龙和荷花包裹起来，亿万年的沉积变化成石头了，你看这龙的眼睛，仿佛还在看着远处的猎物，那荷叶一半翘起像被风吹起来的样子，栩栩如生。"水宗一第一次听说此事，见到亿万年前的生物，心中升起了一种异样的敬畏来，忍不住上前摸了摸龙头。

"既然是宝物，为何放在外面不藏起来呢？"水宗一问道。

刘子岳哈哈大笑道："东坡有诗云'万人如海一身藏'嘛。古代的秘密不一定都是藏起来看不见的，更高明的是放在你眼前，你却识不得。"

院内，石铺的甬道直通北屋。刘子岳也没有客套伸手相请，一直领着水宗一走进书房。古语云：游人的苏杭，文人的书房。了解文人的性格爱好，看书房的装饰风格就能略知一二。书房内素雅简约，正中靠墙一明式书案，案上仅一古哥窑炉，正升起袅袅清香。案后墙上挂着一幅墨竹怪石图。那墨竹，节劲叶张，墨色浓淡枯润间，淋漓倔强。画左侧两行自题诗：傍云依石太纵横，霜节浑无用世情，若有时人问谁笔，橡林一个老书生。字体有王羲之的神骏，怀素的狂放，一看落款，却是梅花道人的真迹。画、诗、书正合刘子岳的风格。特别是最后的"一个老书生"，正好把这位温润如玉的儒士，自谦而平淡的气质，勾勒得淋漓尽致。

案右是一黄花梨的罗汉床，床布垫上是一金丝楠木的茶几，也不知用了多久，古朴褐色中闪着迷人的金光。二人在罗汉床上分左右坐下。水宗一环顾书房的四周，除了案几和罗汉床外，全都是实木书架，架上多半是线装古版书，也有不少洋文书，一些书中夹着纸条，看来是做记号用的。

内白外褐的小茶盅，像是茶几上开出的几朵小白花，花里却含着琥珀色的一泓茶水，仅是这色泽，就让人心静。水宗一端起来抿了一小口，顿觉一股清香沁入心田，水宗一也是爱茶之人，一尝就知道是极品，却不知是何茶。

"太极拳我不会练，但太极我是懂一点的。"刘子岳半是谦虚半是自得地说，"太极一词出自《易传》，世人对《周易》的理解多数停留在算命的程度上。有些文人虽然也会占卜，但却不明白六十四卦内在的变化运行之理。今天我讲的或许对你的拳能有所帮助。《周易》讲的是易和不易的道理。很是复杂，你只要记住下面的口诀就好。"刘子岳说着神情已经沉浸在口诀吟唱所带来的如如之中了。

一自虚无兆质，
两仪因一开根。

23

四象不离二体，

八卦恒道生生。

离坎是为中轴，

阴阳周流六分。

橐籥何人能识，

开合自在一心。

　　"前四句讲的是无极生太极，太极中水火冲和，生出二仪，二仪生四象，世人皆知。后四句乃《易经》化成之机，懂人甚少。"

　　水宗一忙拱手致谢。水宗一虽私塾出身，师承有序，但与刘子岳相比，差的不是一星半点。

　　刘子岳道："八卦者，乾、坤、坎、离、震、巽、艮、兑。言八卦却每卦只有六爻，其中坎离乃乾坤之用，用者无爻位，所以，每卦都只有六爻。此乃周行六虚，上下无常，往复不定。坎离无爻位，那么，坎离到哪儿去了呢？坎，水也；离，火也。太极生乾坤之体和坎离之用，二用周行于六虚之位，也就是用化其中了，然后化生乾、坤、震、巽、艮、兑，而震、巽、艮、兑反辅于牝牡四卦，成八卦，既而生成万物。宗一呀，请注意这里的'反辅'二字。

　　"《太一生水》文中曰：太一生水。水反辅太一，是以成天。天反辅太一，是以成地。天地复相辅也，是以成神明。这里也出现了'反辅'。老子道德经中说'生'，所谓道生一，一生二，二生三，三生万物，这种生法有点简单了，似乎没有考虑二和三之间的相互作用。据我推测，卦象可能是武术之始，立象尽意嘛，所以，多点易学知识，对练武，特别是练太极拳有百利而无一害，更要明了卦象之间相互的反辅作用，不能孤立和机械看待卦象。"

水宗一随着刘子岳的声音，心中闪现出小时候练拳，父亲教拳时的讲解，哥哥们身强体壮的强势，自己的柔弱。自练时的感觉，和哥哥们推手时的体会。哥哥强力推过来，自己只是正手圈的半个圈，顺着来力反向将肘收到肋下，手收转到胸前，腰裆向右轻转的同时右手一翻转，就将巨大的来力反折回哥哥手上并传到哥哥脚下，哥哥双脚离地腾空而起摔出去，每当此时，哥哥总是愤愤不平，以为父亲偏心，单独传给自己秘诀了。也因此，三个哥哥一直恨他。他自己也不是太清楚哥哥是如何摔出去的。反辅，搏击推手，要考虑对方，而不仅是自己如何做。先顺后逆，顺是为了能"反辅"，让来力加重加快，再用腰裆侧转加上手公转和自转的配合，就能将来力反还给对方。这就是"反辅"，反回去"辅助"让对方跌倒。

水宗一顿觉通悟，身体骤然一轻，自觉又上了一层楼。他原来以为只有苦练才能增长功力，但近五年来，虽练功不辍，却好像功无长进。今天听刘子岳一番话，只觉得心神通明。以前也看过《周易》，但似懂非懂，看具体章节时都懂，却从来没有整体串通过，用一句或一段话涵盖全意。此时，听刘子岳说《周易》内在机制原理，似乎将他以前心中疑惑，身上不顺之处，一下子打通了。

水宗一说："我听别人说，儒家皆喜坐而论道，无实作之功。"

水宗一对儒家的东西也有很深入的研悟，此刻有意一问，是想听听大儒如何解答这看似简单实则很难回答的问题。自己教徒弟，接待文朋武友有一个心得体会，越是高人，说的话越平实。验证功夫时，也是找最基本的功夫来做。基本功看似简单，实则涵盖着一派武术的全部秘密。

刘子岳说:"这都是曲解儒家。儒家成功者,莫不是道术一体,思用皆通。远者,明王阳明;近者,清曾国藩。道德文章,建功立业,文武兼备,道术皆通。我查阅很多资料,历史上记载的都是大儒长寿。按理说道佛皆游身世外,不管红尘俗事,心中无挂碍,长寿是应该的。但实际的结果是,孔子七十三,孟子八十四,子夏八十八,子思八十二。在当时活到这么大岁数就是寿星了。我虽然不清楚儒家长寿的身心内在原因,但有一条可以作为依据,那就是儒家的担当和为天下苍生开太平的利众。儒家讲气养浩然,太极拳是哪家思想创造出来的,我没有研究过,你的拳既然是家传,自然知道吧。"

"家传拳谱上只是说先祖创的,也没有说是谁家的。社会上更多人认为是道家的。而我家祖上创拳,家谱和传下来的心法口诀,都没有言明,拳中似有道家的痕迹,佛家的影子,好像更有儒家的思想。比如母式的金刚捣碓,金刚是佛家的用语。儒家的'温而厉',道家的'柔弱胜刚强'似乎在太极拳中都能表现出来,因此,也分不清归属于哪家。"水宗一答道。

刘子岳道:"不管是哪家的,关键是要实用。"说完又吟唱起来:

巧思奇想事中通,

无豆推磨白费功。

儒学知行融一处,

方圆实用是家风。

水宗一心头一怔。好!我今后传拳就加上"实用"二字。戒虚理、虚名、虚势,求实在、实着、实用。当然,这是他心里话,并

26

没有说出来。水宗一想着，身子不由自主地站起来做了一个白鹤亮翅的招式，这也是练家子的习惯使然。

刘子岳道："好姿势，我虽不懂武，但能看出姿势的好坏。你这个招式和京剧中的亮相差不多。京剧角色，一站就是子午式。我来问你，你后腿实，前腿虚，如何分虚实？"

水宗一说："我父亲在教我时，只是用手捏，纠正我，并没有说过。按照我的感觉和总结，应该是前腿三分为虚，后腿七分为实。我后来也看其他拳种的拳谱，大概也是这样分的虚实。"

水宗一没想到刘子岳问这样专业的问题。在这个问题上也是练习、试验、探索很久了，因不知道刘子岳问的用意，只是泛泛一答。

刘子岳边听边摇头。

"那中呢？你分前三后七，式子和劲力如何灵活转换？"刘子岳问。

水宗一顿时心神一震。其实，这个追问一直存在，也在困扰着他。

"儒家曰：中庸。无中，或不守中，不妥呀。"刘子岳摸着胡须说道。这是他习惯性动作，讲课说话，一说到妙处，就捋须，几分自得，几分惬意，几分神秘。似乎后面还有个天大的秘密要说。

"中！"水宗一喊道。像是在疑问，像是在肯定，又像是在慨叹。

这个"中"字，像一道闪电，一下击中了他，原来在心中的某些疑团，被一击摧毁了。有时当他看到一些拳谱上说，将重心从左腿移到右腿等描述，就视为不妥，但也说不清楚为啥。有时教徒弟们"画圈"，也像父亲那样用手纠正姿势的错误，虽说了错在哪里，但也说不清楚为什么。

"前三后六济中一，随遇平衡活中旋。"水宗一脱口而出心中的想法。

"嗯，不错。两腿分轻重，要有中嘛。中是阴阳济出来的，却能分合阴阳，没有中阴阳就死了。有中，就可以自如地转换轻重，随遇平衡。别小看这个'一'，子曰：'吾道一以贯之'，这个'中一'看似小，却能调节阴阳虚实，小在关键位置就是大。世人看太极图，只看到阴阳二鱼和鱼眼，这是显而易见的。行家看的不是这个，而是阴阳图中分合双鱼看不见的'S'线，在球中就是个'S'曲面。我看你练拳时，膝盖的升降，腰裆的侧转，处处都是'S'线和曲面，围绕脊柱螺旋。这就是'中一'呀！"刘子岳说道。

"听君一席话，胜练十年功。脊柱是中轴，留一分劲在中轴，调节转换就够了，中轴不需要太多的力，多了反倒会滞碍转换。"水宗一发自真心地感叹道。

刘子岳说："你倒是能自如地借用古人话语。其实，古人的话很曲径通幽呀。这句话不是夸我说的好，而是你自夸。"

水宗一不解地问道："一席话胜十年功是自夸么？"

刘子岳道："嗯，这句话要反过来理解。你只有练过十年功，我这一席话你才能听懂，才对你有用。否则，就是说上一天的话，也没有用。我自幼以国学为根，遍览六经。后又出国习得西学。对比才知，天下之大，学问一道，殊途同归。自豪于国学之高博，也钦佩于西学之精妙。你要把此拳传下去，最好能有拳式和文字，定能有益于后世。"

"好的，我一定写成此书"。水宗一肯定地说道。是对刘子岳更是对自己的承诺和保证。

刘子岳说："我们东方武艺，是个好东西。有时在具体的原理上解释不清。原因是对物理力学研究得不够细。此拳也是可以用西方的力学来研究和探寻。"

水宗一边听刘子岳说，身子也没有闲着。他从父亲那里学到两个习惯。一是坐着空闲时，两只手交叉在胸前，不停地做着顺缠或逆缠练习。二是站着空闲时，就是太极步，左脚微扣，右脚四十五度，双手抱着胸口，左右侧转，练习腰裆。双肩的运动轨迹像一个躺着的"8"字，也叫画对头"8"。拳不离手，曲不离口。这是艺人赖以练成绝活的常态。

刘子岳看着水宗一的动作，忽然道："你用肩在画莫比乌斯环。"

水宗一听得发怔，并不懂刘子岳在说啥。

见水宗一的疑惑眼神，刘子岳忙解释道："太极图中的'S'线，由点构成，在实际的球体中，线就组成了面。但这个'S'形的曲面是死的。只有在螺旋中'S'形曲面才是活的，动态的。你刚才转动时，双肩画出的是一个躺着的'8'字，但这个说法不准确，应该说是一个躺着的'8'字形曲面。这个横着的'8'字形曲面和西方的莫比乌斯环是一样的。"

"莫比乌斯环是何物？"水宗一虔诚地问道。刚开始他只是惊讶于刘子岳的国学知识修养，刚才刘子岳的一番话，让他一下子一通百通，思想上，身体上，原来累积的关碍，一下子被全部打通。而刘子岳没练过太极拳，仅从理上就点通了他，古有"一字师"，刘子岳是"一理师"呀。一个"中"字值千金。现在他说的是西学，水宗一更是佩服得五体投地。本来他觉得自己文武兼备，家学太极拳更是海内独步，这一点让他自觉不自觉地有点小骄傲。今日才知，人外有人，天外有天。

"你平时练也不动手吗？"刘子岳问道。

"不是，我家的'正（反）手圈'练时是用手的，只是一般在公共场合，用手配合会引起别人注意，所以就只旋转腰裆，不用手画圈。这是'正手圈'。"水宗一边说边画了个"正手圈"。

"右手高齐右眼角，角度向右约四十五度，胸部也朝向这个角度。第一动，松肩沉肘，肘下塌，掌外碾，肘沉收贴肋，小臂顺缠自转走外下弧线，手指上扬。抬手逆缠为'掤'，下塌外碾为'捋'。身胸向左旋转回正，手随身体左转，旋转到胸口前，手心斜对左肩。手为'掤'，肩、胯部为'靠'。身体左转时，左肩大势上随身体左转，但肩头部却要有一点小劲力往右合的意思，此为阳中含阴。接着手上略加大一点左转之力，随即暗换裆劲立刻变为向右旋转，此为转关。在由左向右转关的临界点时，要加大手部的左转之力，这样才能顺利地改变旋转的方向。身体右转，手由顺缠自转为逆缠右前上开四十五度，走右前上弧线为'按'。手由顺缠变逆缠，应领着腰右侧转，即公转加自转，走个'S'形。身仍右转，手继续走右前上弧线，手领肘，肘领肩回到齐右眼角处，这是'採'。'正手圈'的空中轨迹是一个鸡蛋形，鸡蛋的大头在外，朝着手掌的方向斜着。鸡蛋的小头在里，在肘贴肋处。"水宗一边做边讲解给刘子岳听。

刘子岳等水宗一演示完毕才说道："躺着的'8'字，是西方数学中无穷大符号'∞'，它的意思是没有边界，这与我们的太极有点类似。太极是其小无内，其大无外嘛。莫比乌斯环是一个带状立体的'∞'，关于此环的来龙去脉我就不说，很复杂，说了也不好理解。我在欧洲留学时学过。此环有个特点，在一个面上不必翻越边缘就能走完一圈。用一个纸条，将纸条的一端扭转一百八十度，粘连到另一端，就形成一个莫比乌斯环。别小看这一百八十度，实际上就是把一端的阴面与另一端的阳面接在一起。注意！转一百八十度阴面接阳面，和不转阴接阴、阳接阳是不一样的。后者接在一起，就是一个普通的圆，而扭转一百八十度阴阳相接后的'∞'似乎是两个圆，实际上是一个单侧曲面的圆，或者说形成了一个正反统一的一个面。"刘子岳说着把旁边书中夹的一张纸条抽出来，扭过一端捏在一起，给水宗一看。

"你的手转了三百六十度，但起作用的只是一百八十度半圈对吗？"

"对，'画圈'的关键就在这个一百八十度转关之时。腰裆螺旋，手要公转加自转的配合。半圈发人，我祖上在实战时，都是画小半个圈，对手就飞出去了。"水宗一答道。

刘子岳："这就对了。扭转一百八十度，就产生一个拧劲。这个拧劲，主要有四个方向的力，螺旋弧向上和向下，同时还有向左和向右。你的右手，还有个前后的运动，就等于六个方向的力。手部中指的引领，通过腰裆螺旋将全身的系统整劲传递到手上，并作用给对方。这里面涉及人体结构及几何拓扑学、物理力学、数学等，很复杂呢。我只能从我知道的来类比，也不一定对。"

水宗一做了一个"正手圈"收肘。腰微左转，手继续转到胸前，那手型是瓦楞掌，正是带环扭转一百八十度时，所呈现出来的拧旋的曲面。收手时转动瓦楞掌，靠小指一侧的螺旋弧是下左后，而靠大拇指一侧的螺旋弧则是上前右。最妙的是这六个方向的力，是在拧旋中同时完成的。当手掌心冲着左肩时，腰裆开始换劲向右侧螺旋，手同时自转，中指领劲，向四十五度方向逆缠开出去。这时靠小指的一侧变成前右上的螺旋弧，靠大拇指的一侧变成后左下的螺旋弧。多年来水宗一都认为太极拳的奥妙在于腰裆侧转发出的整劲，现在看来手的螺旋也十分重要。

刘子岳道："我用西学的莫比乌斯环类比了你的太极'正手圈'和缠丝劲的原理。你刚才画圈在旋转缠绕时所说的掤、捋、挤、按等，躯干转动的幅度小，手旋转三百六十度的过程中，关键转关时的具体发劲方法，这些用法比莫比乌斯环的原理更精细。你这个拳是中国传统文化中的瑰宝。阳明先生曾说：'为学不可无宗旨，而不可有门户之见。'太极拳不仅是武术，要上升到武学的高度来看待，你要博采众家之长，仔细研究整理，传于后世。"

水宗一听了刘子岳这番话十分感动。感动于刘子岳的情怀，感动于刘子岳的期望，感动于先祖的智慧，感动于传统的拳艺竟然能暗合西学。

刘子岳继续说道："《易经》六十四卦中涉及身体各部分有两卦，可能就是功夫修炼的具体方法。《咸》卦'止而悦'，六爻，从脚下开始，感拇（脚大趾）—到腓（小腿肚子）—到股（大腿）—到脢（后背）—最后到颊舌。《艮》卦六爻基本上也是这个流程，所不同的是，艮讲止，强调时止则止，时行则行，动静不失其时。艮将动静囊括为一体。'止而又止'，实现'敦艮之吉，以厚终也'。《咸》卦里的阴阳分布相对无序，卦内三阳，且九四阳爻不当位。到了《艮》卦，上艮下艮的排列表明阴阳分布已经有序了。可惜的是，我只通文理，不懂功夫，并不能体证卦辞文字于身体中的妙处……"

《周易》高深，水宗一听得似懂非懂，只能先记下，不懂之处，过后反刍，慢慢消化吧。

两人边谈边做，又探讨了一些书法的心得。刘子岳又送给水宗一本字帖。水宗一走在回家的路上时，满心欢喜，身心既轻爽又沉甸甸的，满载而归。

肆　美人吟弦倒插花

一日，水宗一来到大明湖边的练功场子，徒弟们早就练开了。或画圈，或拔井绳，或盘架子，或推手，练得热火朝天。水宗一不时地喝停，纠正错误。

徒弟刘成与王轩正在推手。刘成右手握着王轩的右手腕处，左手掌小指一侧贴着王轩右手肘弯处，双肘下垂，胸向右转，双手贴着王轩的右手小臂旋转着向他胸部按去。如果按照太极推手的解法，王轩应该沉右肘，向外旋转前小臂一掤，即可破解刘成的按法。不过，王轩却没有这样做，而是右手握拳沉肘向着自己的前方击出一拳，刘成的双按竟被这一拳带开了。连着三次都是这样。水宗一看着蹊跷，就走上前去，让刘成再按，刘成做好姿势，水宗一将自己的食指放在刘成的右手手背上，刘成按时，水宗一的食指只在他的手背上轻轻一碾转，王轩依然按照刚才的出拳方式，而且用了更大的劲力打出一拳，拳劲却如碰在一个车轮子上，瞬间一股旋转的劲力已经缠到脚跟，身体被拔起来，双脚离地往后倒摔出两米远，一屁股坐在地上。

"咦！你身上的劲力不是太极拳的。"水宗一边说边走上前去扶起王轩。王轩一脸的愕然，一半是被摔的，一半是被老师的话惊的。

"师父，我原来跟赵瘸学过心意把。"见水宗一识破了自己的劲力，王轩只好承认了。

赵痖是世家子弟。赵家发达于桓台，到了民国初年，赵家的产业遍布山东半岛。桓台还有一个世代官宦的王家。王家在明清两代人才辈出，其中，在济南大明湖畔成立"秋柳诗社"的王士祯就是代表人物。王士祯在康熙朝入仕南书房官至刑部尚书，为文坛盟主。即便如此，当地有民谣云："王家大，王半朝，赶不上赵家一根毛。"由此可见赵家之大。到了赵痖这辈，赵家五房就赵痖一个男丁，真是万亩肥地独根苗。赵痖自幼过目不忘，聪慧异常，琴棋书画拳剑茶，无一不喜欢。赵家财足，又不需要他学习谋生手段，世家多风雅之士，家风除了纯正外，更多一份洒脱圆通。再加上五房就这一个血脉传人，因此，也不过多地管束，任凭赵痖自由舒展。那些寻常的爱好自不必说，单说赵痖有样手艺，就是祖上收藏一张古琴，赵痖爱琴近痴，家里遍请各家各派的名师来教，赵痖来者不拒，学得各家之长。后来遇见一位王氏老人，不想那人正是梅庵派的正宗。梅庵派，流畅如歌，绮丽缠绵，吟猱幅度大，手法复杂多变。赵痖得了真传，一手古琴，远近闻名。

一日，家门口来了一位化缘的和尚。赵家大方，出手就给了十块银圆，和尚却不要，盯着赵痖只诵佛号。后来，赵家留下了和尚，并特意建了座居士楼给和尚礼佛。那和尚却是心意把的高手，见赵痖骨骼异于常人，乃练武的天资，就将一身的绝学传于赵痖。和尚原来有师兄弟三人，每人各练得一项绝技，即释头风、韩熊膀、陈铁腿。和尚精于头功，韩长于膀靠，陈每招必用腿。和尚刚开始教赵痖，给赵痖喂招，一百招，赵痖要摔跌九十次。两年下来，赵痖摔跌六十次，和尚也要被摔跌四十次。所差了十次是赵痖尊敬师父

35

留着劲。实际上赵疯的功夫已经赶上了和尚。于是，和尚又将韩、陈二位师弟请来共同教授赵疯。十年下来赵疯练得一身功夫，成为远近闻名的心意把代表人物。

水宗一问道："既是赵疯的徒弟，为何又来学太极拳？"

王轩见师父的口气似乎不是很感冒，随即大着胆子答道："赵疯功夫好，人却散淡惯了，教拳也随着性子来。高兴了，能教一天，没有了兴致，十天半个月也难见踪影。即便如此，我两年下来也学得差不多了。心意把招式不多，拳理也粗野实在。比如，合劲一个蛋，起翅一大片。起手狠如狼，上下不离腮，左右不离怀，两手不离奶，手手不离肘，肘肘不离把，把把不离虎扑羊。"王轩刚说完，一边的众人哄堂大笑起来，众人听惯了太极拳的拳理之雅，一听王轩说的又是蛋又是奶的，都笑起来。水宗一也被说得想笑，但碍于身份忍住了。

水宗一道："这也没啥好笑的，话粗理不粗。你们要仔细地听听。"

王轩却说："师父，对不起，我不该隐瞒。原来我打算学会太极拳后再告诉你，不想这太极拳太难了，我学了两年也仅会个皮毛。"

水宗一问道："你来学太极拳，告诉过你师父吗？"

王轩说："我给师父透露过这个意思，师父不但没有反对，反而说，太极拳是极好的，能学习是你的造化。练拳传拳不应该有门户之见，倒是应该吸取众家之长。"

水宗一一听，心中顿生好感，觉得此人的见识非同一般，可以成为朋友。于是说道："好的，王轩，我的太极拳也是如此，要吸取众家之长。你回去和你师父说一声，有空我去拜访他。"王轩高兴地答应了。

几天后，王轩回话，赵症十分欢迎水宗一光临。

这日一早，水宗一带着徒弟刘辉，由王轩领着，去赵家拜访。赵家的大宅子在曲水亭街。曲水亭街是泉城济南的一条老街，从珍珠泉和王府池子等泉冒出来的泉水汇成小河，与曲水亭街相依，流入大明湖。一边是青砖褐瓦的老屋，一边是绿藻飘摇的清泉小河，真是"家家泉水，户户垂杨"。

赵宅，坐北朝南在曲水亭街的东侧。西院墙上开个门，门正对着一座横跨在潺潺曲水小溪上的石桥。院门古朴庄重，无豪华之饰，却有厚重典雅之韵。王轩领着水宗一师徒，进了院子。院子内两棵石榴，两棵玉兰，靠东院墙处就有一泓泉水，泉边立一座又皱又瘦又漏的灵璧石，石上二个阴文大字：古趣。

赵家不守财，舍得花钱，泉边建琴房。琴房是个半开放式的房子，靠泉水这一侧是敞开的，用一个大圆门相通，琴房靠南的一侧全都是玻璃做成的墙，外面的景色一览无余。靠琴案墙上是一幅明人的山水画，淡雅恬适。两边的对联却是王右军的书风：古趣每于弦外得，风流或少世人知。水宗一一看便知，泉曰古趣，名字是从这副对联上截来的。这副对联不但字好，意更佳。抚琴之趣不仅在于当下的叮咚悦耳，更在古人的弦外之意趣。人如果不读书写字，又岂能知晓王右军《兰亭序》辞章书法的风流。有此对联，再看泉之名——古趣，更有味道了。这泉也不知喷涌了多少年，那声音中含带了多少古人的意趣呀。

赵症从房内走出，温文尔雅，一如多年熟悉的兄弟。

水宗一拱手道："赵兄，秋安。"

赵瘗也拱手道："宗一兄光临寒舍，不胜荣幸，这是内人杏子。"说着一指身边的夫人。

赵瘗身边的杏子，貌美韵雅，一脸的盈盈笑意，让人如沐春风。这杏子原是一个大家闺秀，祖父是个探花。人美不说，琴棋书画无一不精。但到她这代家道中落，无以为生，只好卖艺。一时间，山东半岛皆能以见杏子艺为荣。赵瘗慕名一见，惊为天人，杏子也仰慕他文武全才，赵瘗随即迎娶了杏子。赵家就这一棵独苗，娶姨太太也属正常。赵瘗自得杏子，终日里耳鬓厮磨腻在一起，或抚琴，或作画，或习武，或对弈，不在话下，也成就了一段佳话。水宗一早有耳闻，今日一见杏子，果然是美得让人心醉，却丝毫不生邪念，真是异数。

众人见完了礼。

赵瘗道："水师父，我散漫惯了，没那么多俗礼。久闻水先生文武兼修，今日因徒弟结缘，不亦快哉。我和内子弹唱一首，一则显我赵某人的待客之道，二则也想请贤棣指教斧正。"

水宗一道："斧正不敢当，学习欣赏吧。"

赵瘗示意家人将古琴捧出来，放在琴案上。那琴是用上等素雅的锦缎做成的琴囊装着。家人撤了琴囊，琴房内忽然和谐自然了。原来琴没有摆上时，琴房内只有人和几，似乎缺少了主题。古琴一现，顿时补缺圆融了。那古琴是九霄环佩伏羲式，琴体泛着暗褐红色，面上可见梅花断纹，真是一床好琴。

赵瘗走到水盆边用泉水洗了洗手。杏子在一方几香炉中燃起一炷沉香。赵瘗擦干了手，在琴案后坐下。用手调了调琴弦。弦之松紧，关乎五音成章。太紧易断，太松无韵，调琴调心同理，不紧不松，恰到好处，自然入境。

赵痖看了一眼杏子，杏子也用眼神示意已经做好准备。"咚"的一声，音纯色正的弦音响起，满房顿觉开阔悠悠。水宗一一听抚奏的是古曲《酒狂》。

"世事奔忙，谁弱谁强，行我疏狂狂醉狂。百年呵，三万六千场。浩歌呵，天地何洪荒。"杏子用假嗓唱的却是真音，顿时一股苍茫旷远之感，和着弦音，颤涩涩而出。众人皆沉醉于美妙的旋律之中。

但见赵痖，双手翻飞，如入无人之境。《酒狂》最后一段是"仙人吐酒"，由于是散板，手法自由。手分阴阳，右手指法如飞，左手绰、注、吟、猱，如胶似漆，绰注有时竟长达半根弦。缓猱、急猱、双撞，弦声发出散音、按音和泛音。弦缓时，似溶洞内悬挂半天的一滴水滴击波面，悠长而荡起涟漪阵阵；弦急处，如草原上纵马长啸，高亢穿云裂石。真个是，缓慢时不断，快急处不乱。右手擘、挑、抹、打，却是领贯通身之劲；左手吟猱，松肩坠肘，肘尖下垂，也是腰胯带动。水宗一暗暗称奇，想不到古琴的手法身法暗合拳理。

就听杏子唱道："吐酒仙人声锵锵。一腔血，热琼浆，富贵功名不思量。叹那弄盏，贪那玉觞，醉舞琳琅意舒畅。叹那弄盏，贪那玉觞，醉舞琳琅意舒畅。此心不服天公管，兀自痴狂。"

一曲已终，四野骤然寂静，只有潺潺泉水流动声。仿佛周遭的物件、人儿都沉醉在曲中还没有醒来。水宗一刚进来时，听那泉水之声，也是一般无二的感觉。此刻，再闻那汩汩的泉音，却似有了旋律和节奏了，就好像刚才这一曲《酒狂》，那泉水听懂了，现在按照古琴的调儿来流淌一样。

停了半晌，众人才鼓掌喝彩。

杏子道:"久闻水先生大名,文武兼修,工诗词,精音律。希望得到先生指教。"水宗一听闻,觉得她是真心之话,也非客套之词,自己如一味客套则有失真诚,但毕竟是第一次见面,客情大于交情,也不能说得太多。于是便道:"嫂夫人天生丽质,嗓音甜美,吟唱有古风,抑扬出新意,和赵兄的琴韵珠联璧合,羡煞人也。古人吟诵,依字行腔,依义行调,入短韵长,平低仄高,平长仄短。词中反复出现的'畅'字是仄又是韵,声音要高又不能拖得很长,又要有仄意的戛然而止,整曲的意境就更浓了,但瑕不掩瑜,我挑剔了。"

"好呀,好呀!"杏子欢喜道,"我每唱到此处,也觉拿捏不准,今日真是遇到老师了。"

赵痖满眼含情地看了杏子一眼,然后对水宗一道:"小徒王轩能学拳于水师父门下,我替他高兴。拳艺要集大成就不能有门户派别之见。请水师父演示一二也让杏子开开眼,可好?"

水宗一既然来拜访,就知道不露一手不是访友之道。说了声献丑,转身走手,练了一式"倒插花"。练此式也是应景。刚才杏子吟唱时,虽呈狂疏醉态,但身手姿态却如风中花般摇曳,此时此刻演练正好,也显出水宗一对自己身法和功夫的自信。这"倒插花"是二路乾罡捶的第五十一式,拳谱有歌诀云:

> 身后人有按腰攻,立即右转腰裆松。
>
> 右肘贴肋随腰转,将彼右腕夹其中。
>
> 转身膝打兼脚踹,如花倒插捣黄龙。
>
> 彼如反攻我左引,左脚前踹莫留情。
>
> 彼退我进右膝打,右拳下击步跟踪。

只见水宗一立定后，身向右转，双腿缠法右顺左逆。左腿弓膝塌劲，随身右转，向里转扣脚尖。右腿脚掌贴地旋退半步，成一肩宽的右小侧马步。同时右拳顺缠，走外右下弧线，转收于脐前。拳心侧向左后上斜角，拳眼侧向右前上斜角。左手在胸口前略下沉，掌心向上，托住右拳。接着身略左转，右脚先提起震落并进一大步。众人只听得"轰"的一声，闷雷一样，震得玻璃墙窗嘎嘎作响。脚下的方砖被震裂，崩飞出一小块打到王轩脸上，竟划出一道小血痕出来。水宗一左脚跟进半步，左手顺缠上提，右拳逆缠向右前下方发劲，衣袖拳风合在一起，又是噼的一声脆响。水宗一身松手柔，轻灵飘逸，震脚出拳却势如惊雷，连几乎天天跟着他的刘辉也看得目呆神迷。水宗一平时练拳松松柔柔的，教徒弟时虽然规矩严谨，但教学不好发劲。与徒弟喂招推手解说劲力时，爱惜徒弟怕弟子受伤，发的也是长劲，能把徒弟发出去，让其感受到劲力的螺旋走向即可，所以并不见得刚脆势猛来。今日访得真朋，又有女眷在场，因此，练得格外用心。这乾罡捶本来就是处处发劲，松活脆刚，他又发的是寸刚短劲，和平日里练的效果自然不一样。

　　"倒插花"之妙原来指的是右拳，右拳向前下逆缠击出，所击位置是对方的裆部，拳如花苞，击到位后，打开五指，小指领着，其余四指依次顺缠一圈抓握成拳，这是一个击裆后顺带抓阴的用法。打开顺缠的五指，犹如花开，右拳逆缠而击出犹如倒插，因此名曰"倒插花"。但手上的倒插花开，只能显示外形之美，不能展示内劲，所以，水宗一将缠丝劲放在腿上来显示功夫。

　　水宗一身仍左转。刚才震下来的右脚逆缠弓膝塌劲，左脚提膝脚尖外摆朝右腿前方斜踹而出，同时右拳变掌顺缠转收于胸前，手心侧向左后上斜角，中指却扬向右前上斜角。左手变逆缠，走左下弧线向右掌外下侧旋出，手心侧向左后下斜角，中指扬向右前上斜角。

太极拳的动作处处皆螺旋，讲究中指领劲，中指领劲来螺旋，自然对双手中指的走向、角度、斜率，有着严格的要求，丝毫不能差。差一点就会影响缠丝的效果。水宗一平时教学生，对手法要求很严，今日自己演示，更是法度森严。

刚才前踹的左脚，这时轻轻地落下来。水宗一又重复两次刚才的动作。除了第一个右腿震脚外，后两个重复的动作，左脚都是轻踹慢落，缓旋柔出，男人的身体却呈现出女性柔美的风姿。

重复动作是太极拳的特点。在太极拳的套路中，有很多重复三次的动作。比如金刚捣碓就有四个，只是左右方向不同。拦擦衣也是四个，只是进退步不同。退步双震脚重复三次，上云手、中云手、下云手也都是重复三次。

水宗一的手本来就柔软细腻，如女人的手。更为特别的是，他的手腕粗于拢在一起的手掌，每根手指都是根部粗指尖细，手指的中骨节也不隆起。这样的手戴手镯或戒指没法戴住，仅这个手型别人想擒拿住也十分困难，更别说有绕指柔的缠丝劲了。这样的手加上中指领劲上扬的手法，就像舞台上花旦的兰花指一样地好看。和着旋转松柔的身法，水宗一把"倒插花"的三个重复动作，演绎得赏心悦目。好像不是一个赳赳武夫在拳捣黄龙，倒像个心智成熟、体态优美的小娘子在跳插花舞。有时候男人演女子姿态比女人更出女人味来，像京剧名角梅兰芳，就把虞姬演活了。"倒插花"一式六个动作，三次重复连贯，真是起势迅如奔雷，收势微波轻荡。

赵痖带头鼓掌叫好。再看水宗一脚下的方砖，也不由得佩服万分。赵家财力雄厚，家中铺地的方砖又厚又大，真材实料，寻常的一般人，就是用锤砸，也不是一两锤能砸碎的。刚才水宗一第一次右脚松震，声虽响，但那块方砖只是裂成两半，断裂时才崩溅出小碎块。而后两次前踹左腿，左腿轻柔落下的两块方砖，却闷闷得四分五裂。震脚松沉碎砖，这个虽属不易，但一般有功夫的也能做到。刚猛的拳种，碎石裂砖，也属常态。但用左脚前踹之缠丝劲力，轻柔落地，能将方砖闷碎了，确实功夫了得。

赵痖知道今天遇到高人了，不露点真功夫面子上过不去。同时，也起了好胜心。不待水宗一要求就说道："刚才水师父暗塌缠丝劲，竟将大方砖闷碾碎了，这等劲力当世也找不出几个人来。我也来凑个雅趣。"他这么一说，众人才凑上前去看方砖，不由得个个惊叹。

赵痖道："本拳有'练成鸡形天下鸣'之说。裹拳、践拳、躜拳合以鸡形步，练成老鸡形，必能一鸣惊人。我也学水兄走上两步。"

说完，左脚向前横斜迈出落地，左腿屈膝下沉为实腿，以软弹之劲支持全身重量，左手随身向左前上穿分出，右手同时向下覆掌向后出倒肘。右腿同时提膝悬向左前方，头微上扬。右脚向前横斜落地，右手向右前分穿，左手覆掌向后倒出肘，左膝同时提膝悬向右前方。如此左右，也是重复了三次。刚才抚琴时赵痖温润如玉，一练鸡形，目露精光，衣袖鼓荡，活脱脱一个趾高气扬全身充满斗志的大公鸡。赵痖左右脚落地共三次，也是三声轰响。

众人上前来看，赵痖脚下的方砖也碎了三块。于是，大家一起喝彩。为了两人的真功夫，更为了两人的功夫不分伯仲。武人之间，除非遇仇家或遇歹人劫道，很少以命相搏。比武也是点到为止。再有不服气的，就会出来一个有名望有功夫的人，主持言和，和不了，双方就都和主持公道的人打一场，由主持人来断谁强谁弱。无人出头也好办，双方同时击一不知疼痛之物，视物件受损伤的程度来判断功夫的高低，这些都是避免不必要的伤害。真有解决不了的大事，才设擂比武。一般的切磋，都是演示或露一手功夫，就能知道双方的实力。因为大家身上都有功夫，真动手多数都会两败俱伤。今天水宗一访友就是以文明文雅的方式在切磋。因双方练的拳和功夫都不一样，又没有统一的标准来衡量，仅靠演示难分伯仲，于是就用同样材质、大小、厚薄的方砖为中介，这样既比了功夫，彼此也不会受伤。

水宗一在赞叹的同时，注意到他二人碎砖的形态有着差别。水宗一震裂的第一块砖，用的是松沉劲，所以砖是从中间裂开的。而后两块砖用的是螺旋缠丝劲。缠丝劲分为两种，一种是由中轴旋转，力道从中心向四周发散。另一种是从四周向中间旋缠，力道从四周聚会向中心。就功力而言后者的能量大于前者数倍。前者为放为散是爆炸力；后者为敛为收是聚合力。后面两块砖，不是从中间向四周碾碎，而是从四周向中间旋转聚合而碎。因此，仔细地看就会发现，四分五裂的砖，由四周向中间拱起来。也就是说，砖的裂纹，周边的细小，越到中间越大。砖的中间已经离地了，是空的，就像是被往上吸裂了一样。而赵痖碎的砖，是靠脚的钻沉之力而碎裂，砖的中间裂纹细小而四边的裂纹大。砖的中间是嵌入地面，而四周则上翘离地。当然，一般人看不出来，本着善意珍惜主家的面子，不好说破，也不能说破。

赵痖本是行家，见水宗一看砖的裂纹，知道他已看出了蹊跷，微笑自然也不点破，颇有君子之风。赵痂心中雪亮，知道刚才碎砖自己已经略输一筹，但心中仍有不甘，于是就说道："我练的拳实在，拳谱都是大实话。很多人把调膀子说成是龙调膀。龙是图腾抽象之物，如何能调膀子？我们只讲熊调膀，本来就是模仿熊出洞的身法和劲力嘛。"

就见赵痂右腿向前迈一大步，后腿稍跟进垫了一点。右手提至右肩处，旋即翻向左前方盖去，拳心仰向右斜上角，身势随之微向左一扭拧，右肩势猛向前突出，左手同时上提左胸口处，与右手肘弯处呼应。一势做完，居然势若惊雷，周身的骨节竟然嘎嘣、嘎嘣、嘎嘣，从脚响到颈椎处，一刹那，时空仿佛被凝固住了。

水宗一大吃一惊，这是啥功夫？看他的熊调膀似乎与太极拳中的"靠"法差不多，但太极拳的"靠"法，自己也没有见到能练到如此程度的人。周身的骨节，从脚下开始竟依次响到头部。

正在此时用人来说，饭菜已好，开席用餐。赵痂将水宗一让了进去，坐在主宾的位子上，徒弟们也各自坐好，开始喝酒。席间，谈的都是词曲的平仄、韵律和书法的章法、笔法。水宗一也放开了，边喝边谈，直到太阳偏西了，才尽兴而归。

伍　蚊虫亦懂阴阳劲

早晨一起床就感觉天气闷得慌，洗漱毕，喝了一杯茶，点着烟就上了大街。水宗一无事时，喜欢到大街上走一走，倒不是喜欢逛街，而是留意看各商家门脸房头上挂的字号，这些字号都是请当时有名的书法家写就，行草隶篆各种书体都有。有的老字号都一二百年了，因此，能看到前贤的笔意。字号对商家来说就是广告，请来写字的人名气越大，就越能提升商号的知名度。对于书法家来说也是广告，字号名称，制成招牌木匾，悬挂闹市，千人瞅，万人看。字好自然能扬名立万，被人传诵，前来求字的人就会多，润格自然高涨。若功力不济，或有败笔，就会被人笑话。因此，敢写敢挂出来的，自然都是精品。"同光体"的领军人物郑孝胥的书法可谓红极一时，请他题商号或报刊题头的很多。他所题的"交通银行"四个字就收润格费四千两，可谓一字千金。水宗一虽然不喜欢此人的人品，对他的字倒是很欣赏。但名气再大，也不可张狂，须知人外有人。郑孝胥曾经就遇到过一件事情，那是在他当安徽布政使时。一日在街头看到一家烧饼店，店门右墙上写着两行字：烧饼甜香，天天开张。字大约一尺见方，是用毛笔直接写在石灰墙上，虽然墙已风裂，墨也淡退，但其字势笔力乃是妙品。这种擘窠大字书写时尤其吃功夫。字写大了，所有的结构布局，笔锋的起承转合，劲力的内在走向，全部一览无余。不能有半点含糊或交代不清，况写大字仅有手腕上的功夫则不行，需要的是肘臂腰身之力，聚于笔端方成。这八个字一看就是写字的人站着直接写在墙上的，更见功夫。询问烧饼店主得知，字就是隔壁典当行的一位账房先生写的，随以求字为名去见了账房先生。那账房先生相貌普通，随手写了一幅，他看后如同雷击，自叹不如是轻的，自己再练十年也未必赶得上，惊叹之余，心中是百味杂陈。后来他就不再以书法自傲了。其实，此事也不奇怪。那账房先生每日用笔，笔就是他赖以吃饭的手艺。艺的初级阶段就是练得手熟，就像卖油郎能在葫芦口上放枚铜钱，把油从铜钱中间的方孔中倒进去，能一滴不漏。艺的高级阶段，手熟就不行了。中国艺术讲究的是意境，这个意境又不能刻意为之，而是自然天成的。账房先生写字手熟到不能再熟，心中又无刻意的杂念，反而暗合了书法之道。而书家写字，临帖临碑，心中有刻意练好字的追求，有时倒会阻碍自然之功的形成。

街边的招牌匾额看了个遍，眼里也吸收了不少内容存入心中。

人的很多信息通过眼睛摄收。俗话说，木匠不如雕匠，雕匠不如瞅匠。木匠再厉害，雕匠要在木胎上长时间地动刀子，就会清楚木匠手艺的好与劣。雕匠再优秀，雕出来的东西，经不住欣赏者一遍又一遍用眼瞅，妙处与不足自然就会瞅出来。人眼不镶丝，看过一眼的物件，再多了或少了一丝丝都能看出来。水宗一十分重视眼睛的收摄和学习。比如通过欣赏别人的好字，就能反推出来写字时如何用笔。再如，看别人练拳和切磋，就能学到别人有用的招式。太极拳有十三势：掤、捋、挤、按、采、挒、肘、靠、进、退、顾、盼、定。其中掤、捋、挤、按对应八卦中的坎、离、震、兑为四正；

采、挒、肘、靠对应的是乾、坤、艮、巽是四隅，这是八卦。进、退、顾、盼、定对应的是金、木、水、火、土，这是五行。其中顾、盼是眼法。周敦颐解释太极图说，太极负阴抱阳，混沌一片，只有水和火，太阴和太阳能冲出来，这样出两仪分五行。而顾、盼对应的是五行中的水与火，因此，双眼也分阴阳虚实。眼收摄面前所有物体信息，特别是运动的物体。眼睛能观察正面约一百八十度，其中一百五十度能聚神凝视，余光只能看个大概。顾和盼都是看的意思，但有区别。"顾"还有照管、注意之意，五行对应的是水，水是"坎中满"，是眼神集中点和着力点，为眼法实处。盼呢？有希望，想望的意思，对应的是火，火是"离中虚"。是除了眼神着力点目标以外的区域和范围，或者说是目标下一步可能要移动的方向和区域，为眼法虚处。因为，目标是动的，所以左顾中含右盼，右盼中必有左顾。

眼法中顾盼须练。功夫高者，只用眼神就可以震慑对手，甚至让对方魂飞魄散。在教眼法时，爷爷曾给水宗一说过一个故事。南宋末年，有一个无学禅师，遭元兵追杀。他手持戒刀，眦眼欲裂，目光如电，作偈一声断喝："电光影里春风斩。"元兵心魂俱失落荒逃遁。后来无学禅师东渡日本成为圆觉寺开宗祖师。其实，无学禅师的一声断喝，元兵不一定能听懂汉语及其中含义。这句偈语的意思是，对于一个法空、刀空、我空之人来说，斩杀，就像在光影里春风拂人一般。但他的眼神中流露出来的精神和意志，那足以诛心的一目眦瞪，元兵一定是看懂了，被震慑住，惊慌害怕才跑了。水宗一称这为眼摄法，是搏斗时的一个功法，也是一种十分有效的学习方式。其实，不管是书法、绘画，还是武术、手艺，刚开始都是模仿，眼看印模于心，心通才能手仿。眼的收摄是第一步，如果没有一双好眼，学不好艺。古人形容一个人学习快和记性好常曰："一目十行""过目不忘"。这都是在说眼的功夫和效能。水宗一看书之快不是"一目十行"，而是一眼一页，且能说出一页文字之意来。他常与刘子岳探讨拳谱上的"手眼身法步"，并认为"眼"应该排在第一，不应该排在手的后面，在实际的搏斗时也是如此。每当他提出一些不一样的看法时，刘子岳总是表示赞许，但督促他进行详细的考据，仅有看法不行，要寻找各种证据，从法理上让看法立住脚，再用实践来检验。水宗一渐渐养成了一个追根求源和实践验证的习惯。

来到黑虎泉边，水宗一开始练拳。泉在护城河南岸边，是一个天然洞穴，内有一巨石盘曲伏卧，如虎深藏，泉水从巨石下涌出，激湍撞击，再加半夜朔风吹入石隙裂缝，酷似虎啸，故称黑虎泉。明代晏璧的《济南七十二泉》诗云："石瞵水府色苍苍，深处浑如黑虎藏。半夜朔风吹石裂，一声清啸月无光。"从泉中喷涌而出的泉水从三个兽口中吐出，汇聚在一个方形泉池中，再流入护城河。护城河的水都是从趵突泉和众多小泉中涌出来的泉水，泉水温度冬夏变化不大。河中一年四季都水草青青，鱼群忽隐忽现。真个是，泉深藏黑虎，草浅显鱼群。此处是济南人晨练休闲之所。

一趟拳刚练一半，闷闷的天空乌云密布，顷刻间如蚕豆大的雨滴从天上砸下来，想跑都来不及了，只好站到一棵大柳树下藏头避雨。雨滴大且稀疏，砸在石头上啪啪作响。砸在土垃地上，把灰尘暴起，地上仿佛砸出一个一个的小坑。雨滴大得有点奇怪，似乎在天上凝结多时了，雨粒极大，大到云托不住了，才极不情愿地落下来。

水宗一站在树下，用肩画着"∞"。家传拳法画圈时，眼睛不是随着手动，而是看着"固定"目标，在实战时，就是盯住对手。有人和他辩论过，说眼要随手动，看看唱戏的在舞台上手眼身法步高度统一。水宗一回应说，那是唱戏。本家拳有听劲之功，就是当身上的任何部位挨着对方的身体，通过放松的肌肤，就能敏锐地感受到对方用力大小、方向和角度，也就是说不一定需要用眼。试验或展示功夫有时就蒙着眼，但那只是训练之法。真打，必须要用眼，且眼要一直盯着对方，一眨也不能眨。眼可以捕捉到对手身体任何一个细微的小动作。再者，眼随手动，容易造成上身左右摇摆，太极拳最忌讳上身毫无章法地乱晃。同时，眼神分虚实并不是到处乱看，而是盯住目标，左右皆顾盼到。这是本家拳区别于其他拳种的关键所在。五分钟练一趟拳，眼睛要一直瞪着，不能眨眼，这是要求更是功夫。

太极拳对头部的要求是虚领顶劲。就像在百会穴向上牵一根绳子，头正，下巴微向内收护住喉头，眼睛平视，但要把精神提上了。顶劲是虚领的，有那么个意思就行，不能用实劲。眼看"固定"目标，且不能眨眼。头在练拳时不能乱动，眼视的是拳势上要求的方向。有时身子动，头不动。这有点像鸡头，将鸡抱住，任意摆动鸡的身体，不管如何摆动，鸡头都是恒定地朝着一个方向。

忽然，一只蚊子飞入视线中。蚊子可能刚从他腿上吸饱了血，飞得不快。啪的一下，一滴大雨粒，正砸在蚊子的偏右侧的翅膀上。那蚊子竟然一个"右侧身翻转"的动作，让雨滴从身子右侧滑落了，蚊子只是下降了一点高度。"咦，蚊子也会太极拳。"水宗一自言自语道。这时又一滴雨砸中了蚊子左边身子，蚊子又来了个"左侧身翻转"，雨滴从左侧滑落了。"有意思呀！"蚊子继续朝树干飞来。正

50

在这时，又一颗大雨滴正砸在蚊子身上。"哎呀，这回砸死了。"水宗一失声喊道。

不想，蚊子顺着砸在身上的大雨滴一同下落，随即一个右侧身翻转，迅速与雨滴分开，又飞了起来。不过这次的高度下降了近一米多，快接近地面时，才飞起来。"哈哈，太极蚊子。"水宗一笑道。

雨滴很大，又是从空中加速度落下。如果蚊子趴在地上不动，雨滴足以把蚊子砸死。但蚊子在空中采取不对抗且顺随的身法，随着雨滴下落，所受的冲击力就很小。雨滴冲击力的大小没变，采用不同的承受方式，其结果就不同。一个是不动硬抗，另一个是顺随不对抗。这就好比同样一拳，打在石头上和打在棉花上的区别。蚊子智慧地采取了后者，不顶抗地顺随雨滴，在下落的过程中侧滚翻，脱离雨滴。蚊子被雨滴击中时并不顶抗雨滴，而是与雨滴融为一体，顺应雨滴的趋势落下。当雨滴击中蚊子翅膀或腿部时，蚊子会向击中的那一侧倾斜，并通过高难度的"侧身翻滚动作"让雨滴从身侧滑落。当雨滴直接击中蚊子身体时，蚊子先顺随雨滴强大的下坠力与之一同下落，随之迅速侧向翻滚与雨滴分离并恢复飞行。蚊子看起来被雨滴砸得摇晃不定，但正是由于蚊子的顺随滚动，在与雨水碰撞的过程中，雨滴速度没变，是蚊子顺随其向下的坠力，化解了高速下坠雨滴带来的冲击，动能并未转化为能量击打在蚊子身上，而是让蚊子顺化掉了。这不正是太极拳中的"以柔克刚""四两拨千斤"！没想到小小的蚊子竟然是太极高手。不过，蚊子虽然能化掉雨滴的冲击力，却不能反击回去，也只能算是半个太极高手吧。

自然进化之妙，不仅只是人类才能悟到太极之道，蚊子竟然也能做到。水宗一对形意拳中的鹰捉、龙形搜骨、螳螂拳中的刁手等，又多了几分理解和感悟。蚊子能有太极身法，那鹰捉、刁手等一定有动物的捕食之密。

家传拳谱上的口诀，多数都是肯定句。但今日偶见蚊子的"太极侧滚翻"功夫，让水宗一忽地脑洞大开。自己也可以用否定句来总结太极拳原理。比如说顺化，这个词顺在先，化在后，很容易给人造成先顺后化的感觉，实际上是顺化同时。而顺化同时，只有一个动作可以做到，就是螺旋。肯定句有点硬，否定句，通过否定之否定，就变成了肯定，否定句可以将一个螺旋的过程展示出来，这样大家就能更好地理解。太极拳的柔只是手段，不能机械地理解"柔弱胜刚强"，柔弱并不能技击打人。要明了柔和刚之间的转化，积柔成刚，不然守着柔弱只能挨打。儒家的中庸表述更能符合太极之理。比如，曲而不屈，直而不倨等。于是，水宗一记下了自己刚才观察蚊子化雨滴打击的"三不"心得，即顺而不从，逆而不抗，圆而不融。

顺而不从：顺是手段，并非是要顺从对方，而是通过顺随、顺引的方式，将可能作用在自己身上的力量顺势化掉，即舍己从人。但"从人"是暂时的，在自己守住中的前提下，通过"顺"和"引"，将对方的劲力旋转牵动，并借过来加上自己的力量返还给对方。顺只是舍弃自己的部分，作为手段其目的是打击对方，而不是完全服从对方。

逆而不抗：逆反是目的，而抗只是逆反打击手段中最笨拙的一种。抗是普通人的本能反应。要逆反对方的力，不能用直接抗的方式，而是通过螺旋的顺随方式，折还给对方。

圆而不融：太极拳通过螺旋产生的圆，不是为了融合对方，与对方妥协。而是通过圆，将自己的力量毫无阻滞地发放到对方身上，当然还要加上折返回对方打过来的力量。保证自己平衡，并让对方失衡。

雨停了，再练拳就感到和以前不一样了。以前虽然也有"三不"中某些一鳞半爪的心得，但也只是一时的想法，时有时无。今天全通了，自然有了深一层的体会，等于完整地通化了。练完三遍，更觉手眼身法步都有了"三不"感觉，一遍一个样。原来没有的现在有了，原来有的更清晰了。功夫练到一定程度后，各种体会的敏感度就弱了，如果没有新的强刺激，内心的那种体会到新境界的喜悦很少会有。但想要有强刺激亦非易事，往往在一个巧妙发人之后，或者就像今天这样。有些鸡零狗碎的东西，时隐时现，却又不通不得法。无意中受到外界一个不起眼的现象的启发，猛然柳暗花明，犹如登上峰顶，视野开阔，身心喜悦，仿佛眼前看见的大好河山和看不见的道理都是自己的。仿佛给本来熟到不能再熟的套路中，拌入了很多蜂蜜，同一个式子，此时此刻再练，却多出来无尽的甜蜜来。本来熟得就像走路吃饭一样的招式，忽然生出一丝陌生感来，那种陌生神秘，令人向往，触手可及，伸手就能够到。够到了，又会产生更多的陌生和神秘，不绝如缕。这大概就是开悟或悟道了吧。

古有学人问本净和尚："师大悟，还修行也无？"对曰："我修行与汝别。汝先修而后悟，我先悟而后修。是以先修而后悟，则'有功之功'功归生灭。我悟后修，此乃'无功之功'功不虚弃。"

未悟和开悟之间就隔着一念，表面看起来差别不大，一旦遇到具体的事，其处理结果差别就大了，瞬间分高低。未悟者，在自己和本性之间隔了层玻璃，虽然能看见本性，但闻不到、摸不着、尝不到。只在文字、理性、逻辑、话头之间打转。开悟者，在顿然间体会到了，如瞬间打碎了那层玻璃。开悟者，虽然一通百通，却并不脱离人情世故，一如常人。开悟后，把悟前之修炼探索和悟后所通的糅成一片了；把万事、万物和万理糅成一片了；把所思、所练和所用糅成一片了；把先祖、自己和未来糅成一片了。再来看拳，既一样又不一样。今天才知道，悟后还修吗？这句问话愚痴。悟后，不是修与不修。而是，悟后不能不修，天下没有比悟后修更能愉悦自家身心的事情了。

陆　震宫二打抱不平

俗话说："北京学艺，天津练活，济南踢门槛。"踢门槛，踢是开打，真枪真刀地显露功夫。门槛是道相当难过的关。实战不同于学和练，没有看家的绝活，不敢踢门槛。

北京，天子脚下，三教九流集聚之处。练成文武艺，货于帝王家。人才中心，高手云集，师多。因此，学艺在京师。

学成后，要磨炼，须在天津，天津观众多，有市场，此时，艺初成，登台，摆场子，演练出活。

艺化于身，光演练不成，因为同门同派，异门异派，都在练习研究，不时地就会切磋对抗。艺比舞台，拳较擂台。不能对抗没活路。任何艺，都须能实用。济南是接通南下北上的大码头，历史沉淀多。地处半岛，最早开商埠，得风气之先。名士多，懂行的观众多，方家多，练家子更多，正是扬名立万之地。风尘中必藏豪强，台下一个不起眼的人，上得台来一手绝活，立马就能灭了你。所以，济南门槛难踢。踢得过，就能天下畅行；踢不过，只能身败名裂。

济南府历史上就是水陆大码头。齐鲁大地受海洋文化和黄河文化的双重影响，齐霸道，鲁王道，济南府居中融合，形成了独特的城市性格。东向大海，虽居内地却较早开埠；坐守黄河，引领风气却融合王、霸，恪守传统。济南拳种众多，流派纷呈。有太极拳、形意拳、八卦掌、少林拳、查拳、谭腿、太乙拳、八极拳、螳螂拳、梅花桩、燕青拳、摔跤等。仅康熙年间济南考取的武举人就有近二百人，可见武风之盛。

水宗一隐居济南，教拳为生，自然不能高调，却又不能不发声，毕竟要靠教拳来糊口。好在身负太极艺，手画螺旋圈，口言合道语，在高手云集的济南府倒也过得自如。不说左右逢源，也是深得各派尊重。原因有二：一身真功夫，其一也；正真圆融的做人理念和行为，其二也。他的古风淳朴为人做事之道，反而影响济南当地的武林风气，教拳的场子里鲜有来闹事的。就是有几个要横玩愣的，没等到场子，就让其他练拳的朋友给收拾了。即使有个别高手找上门来，水宗一往往在酒桌上一番拳理分析，一番为人之道，就能化干戈为玉帛了。水宗一经常跟徒弟们说："打天下寸步难行，仁义方能畅通无阻。"年轻时功夫初成，仗剑走天涯，遇到不服气的，一语不合，就亮剑动手。中年时，功夫精进，劲气却内敛了，虽有剑也不拔了，在酒桌上用筷子比画一二，就知道高低了。老年时，功夫臻于通化圆融，连酒桌上的应酬都不用了，往往是三杯清茶，一番道理，用嘴说说，大家也都服气了。

作为曲艺的三大码头之一，济南更是各种曲艺门类的聚集地。山东琴书、西河大鼓、河南坠子、快板、评书等应有尽有。济南比较热闹的集市有西关的劝业场，趵突泉北面的吕祖庙集等。吕祖庙集在吕祖庙东的一片空旷之地上。中间有一些民间流动的"玩意儿"地摊子，四周是简易的小房子和布棚子，是一个集饭馆、茶摊、小百货、手艺、打把式卖艺、说书的集市。看泉的、拜道仙的、逛集的、看演出的、听评书的，人来人往，十分热闹。

要说济南的绝活谁最奇特？有民谣云："宫二的手，李三的腿，赶不上吴兰奚的嘴。"宫二以鬼手做贼，李三凭猴腿为盗，吴兰奚靠明嘴说书。

李三就是燕子李三，一个飞天大盗。专门在济南、河北、天津一带盗窃。燕子李三名气大，传奇多，轻功了得，据说最擅长腿功，两条腿和猿猴的腿一样，腿上全是长条形肌肉，一点脂肪也没有，蹿房越脊如履平地。偶尔也有人看到他用飞爪翻越城墙。

宫二，知道的人不多。宫二也称黄鼬宫二，是燕子李三的师兄。江湖传统讲上三门、中三门、下三门，称"杀、盗、淫"为下三门。技术无贵贱，人品有高低。盗门秘技有两类，分别叫"飞天"和"遁地"。"飞天"是要轻身负重，演习八步蹬空，达到蹿房越脊、飞檐走壁的能耐。"遁地"练的是缩骨叠筋，缝隙藏身，钻洞爬窗，隐匿逃脱的功夫。宫二手快如电，比玩魔术的手还要轻快，在众目睽睽之下，告诉你要拿你包里的东西，你也看不住。且擅长缩骨功，成年人的身形，瞬间能缩成和儿童一样，身上的骨头能自卸自接，重合折叠，大猫能进入的空间，他也能出入自如。

燕子李三和黄鼬宫二，羊头猪肚，各有特长。李三的燕子绰号，是夸他"飞天"出众；黄鼬民间俗称黄鼠狼，这是称赞宫二"遁地"超群。宫二行踪诡秘，富户夜晚被盗，狗不咬鸡不叫，看家护院的更不惊动。被盗后，检查门窗紧闭，橱柜也完好无损。人们迷信，不疑是贼，倒是猜测招惹了黄大仙作怪。寻常人哪能知道，宫二能缩骨从很小的烟筒钻进去，再从灶膛口爬出。普通铜锁宫二也是一捅即开。得手后，原路返回。久而久之，就有了黄鼬的绰号。

李三性格张扬，恣意妄为，声噪天下，可谓显羊头。宫二隐藏身形，连家人邻居都隐瞒，默默无籍。但实惠多，很多他作的大案，人们都认为是李三所为，可谓得猪肚。黄鼬宫二也因盗被抓到过，但他用缩骨功乘看守不注意，自脱手铐脚镣，穿过缝隙很窄的铁窗，神奇逃脱了。

吴兰奚是说书的艺人。为啥不是名嘴而是明嘴呢。名是名气，但盛名之下，其实难副。山东人实在耿直，做人做事朴实无华。明嘴更能彰显吴兰奚嘴上功夫。明嘴有三重意思。一是书说得清楚明白。前唐后汉，兴亡勃忽，来龙去脉，人情世故，交代得一清二楚，合情合理；分析得丝丝入扣，夹叙夹议。二是听书人听得明白。说书人表演的焦点和目的，在听书人这里。你以为你说清楚了，人家听不清也是无用。书场里人来人往，有场场必到的老听众，也有半截刚来的新听众。人物穿插，上下衔接，既不能让老听众听得烦琐，又要让新听众一览全貌，这是功夫，往往三言两语，就必须交代清楚书中各色人等的复杂关系。三是借"明"字之象义来称赞。"明"字由"日""月"二字构成，说的是吴兰奚口衔日月，书评万事万理，有阴有阳。这说书的虽是民间曲艺，却也源远流长。有故事，有评论，弘扬正气，批判下流。民间的一些为人厚德之理，义薄云天之仁，依赖说书人传播，识字少的平头百姓为人处世之道也靠说书人启蒙。因此，卓越的说书人必须具备：探花之才，口中肚子里的料博广深厚；英雄之胆，以一张嘴独对万人之耳。无口才孤胆不敢上台。水宗一十分喜欢听吴兰奚的评书。

这天一早，水宗一带着徒弟刘辉去赶吕祖庙集。昨晚练功近两个时辰，因此，今天也算是放假休息。赶集采购一些日常用品，也是去听吴兰奚的《济公传》。来到集市，早已是人声鼎沸了。集市上

58

货品丰富，卖桌椅、马扎、筛子、漏勺等日用品的在一排，卖家禽、水产、蔬菜的又一排。两个人一边逛一边拉呱，不觉来到卖药材山货的地方，只见邻近的两个摊主吵了起来。这两个摊子都是卖阿胶、陈皮、半夏等中草药。左边的摊子是位白胡子的老者，右边的摊子是位中年妇女。两个人都有虎骨出售，但中年妇女的虎骨要比白胡子老人的便宜一半，自然卖得就多。白胡子老者不服气，上前来仔细地看后，认为中年妇女的虎骨是假的，劝大家不要上当。中年妇女哪肯善罢甘休，非要老者说出个子丑寅卯来。那两堆骨头都差不多，如何能分辨真假呢？白胡子老者一时也没招了，不是他说不清楚，而是只有他懂。一般人很少见过虎骨，更别说辨真假了。他说虎骨要看断面是否瓷实，颜色是否光亮，拿在手里掂掂沉不沉等，但大伙也分不清他说的是真是假。正在白胡子老者骑虎难下的时候，从摊子旁边跑来一条小狗。狗也赶集，集市上有杀鸡宰羊的能吃到一些下水零碎。白胡子老者一看，就有了主意，冲着围观的人道："我刚才说辨别虎骨之理，大家一时也难知真伪。现在有一法，一试便知虎骨真假。虎乃百兽之王，其骨有虎威之气味。狗喜骨头，真虎骨狗却不敢舔食，假虎骨狗则必啃食，让狗来分辨吧。"众人七嘴八舌地说这个法子好。中年妇女无奈，只好拿出一根虎骨来。白胡子老者先将中年妇女的虎骨放在小狗面前，小狗喜欢，翘尾乱摇，含住骨头就啃。白胡子老者将骨头夺了下来，再将自己的虎骨放在狗面前，小狗低头一嗅，忽地往后一退，项上毛都乍开了，头往后缩，尾夹于裆，嘴里发出"呜呜"之声不敢上前，众人皆惊。中年妇女讪讪地收了摊子走了。水宗一哈哈大笑对刘辉说："好一个智慧的老者，用动物的天性分辨真伪。"

两个人又逛了一会儿，水宗一带着刘辉找个摊子吃早点。来到一个炸油条的摊子前，却见炸油条的小媳妇正和一个中年人打嘴仗。

炸油条的是个年轻的小媳妇，可能是自己炸油条不缺油水的缘故，小媳妇体态丰腴，胸前鼓，腚后翘，皮肤粉嫩白皙。那模样人见人爱，因此，就有了绰号——油条贵妃。师徒俩一听，原来是这中年人用话激油条贵妃，说他能用手直接从油锅里拿出油条。油条贵妃接话说："你能用手拿油条，拿出来就给你免费白吃。"将浮在滚油上的油条抓上来，要诀在手快，必须快如闪电，手才不会被滚油熏烫伤。没想到中年男子真把油条从油锅里抓上来了。油条贵妃顿时没了主意，刚才自己已经说出去的话，不好收回，只好让他白吃。不想中年男子的胃口极大，就着开水和酱一口气吃了六根。油条贵妃本来就是小本生意，心里十分懊恼，又不能发作。这个中年男子正是黄鼬宫二。宫二见油条贵妃煞是好看，一是想显摆一下功夫，好让油条贵妃对自己有好感；二是想调戏调戏她；三是想白吃一顿早饭。

油条贵妃只好看着黄鼬宫二有滋有味白吃油条，心中不服，想了想就又说道："这位大哥，我这里有三块银圆，你刚才从油锅里拿油条只算手快不算功夫，因为，油条是浮在油面上的。我把银圆放油锅里，你如再能摸上来，这银圆就归你了。如果不能，你吃的油条就得付钱。"

黄鼬宫二说："好呀，请大伙儿做个见证，别等我摸上银圆来小媳妇不认账。"

刘辉和旁边围观的人都凑了上来观看，也有几个人在劝油条贵妃不要赌气，输几个油条没啥，三块银圆就是一个家庭一两个月的

60

生活费，输了就没本钱做生意了。

　　此刻油锅正沸腾。水要到一百度才滚，油滚了最少也要二百六十度以上。有一些江湖术士也可以表演滚油锅里捞物的技法，但那是假的。他们在油里加醋，醋的密度大于油，所以，醋沉在油下面。醋只要五十来度就沸腾了，因此，看起来油在沸腾实际上油仅是有点热而已。这个油锅里的油可是真沸腾了，别说将手伸入油里，就是放在油上面，油蒸气熏一下也受不住。

　　油条贵妃料定黄鼬宫二肯定不敢下手摸银圆，就将三块银圆放入翻腾的大油锅里。只见黄鼬宫二不慌不忙，将右手的袖子挽到肘上。马步站在油锅边上，深吸缓吐，运气发功。右手向上举了三举，又向下甩了三甩，刚才还正常的右手，立刻肉鼓筋粗，越来越红，黄鼬宫二用嘴在右手掌的手心手背反复地哈着气。围观的众人都屏住了呼吸，有胆小的女人吓得背过脸去不敢看。只听黄鼬宫二"嘿"一声吼，把一口真气运入手臂，猛地插入油锅，在油锅里一转，迅急抽出来。众人只觉得眼睛一花，还没有看清楚，宫二手里已经多出来三块银圆。黄鼬宫二扬扬得意地从油条贵妃的腰间拽过一条手巾，擦了擦右手上的油，嬉皮笑脸地冲着油条贵妃说道："大妹子，这银圆可是我的了。不过你也不容易，你要是喊我三声好哥哥，我一高兴说不定就把银圆还给你。"滚油锅里摸铜钱本来就是小偷练手上功夫的方法，此法就是为了练手的速度、准确。久练则手对热烫有很强的耐受性。同时也有诀窍，下油锅前将手在冷水里激一下，手上有水，油水不相容，能起到一点保护作用。当然，前提是手快。黄鼬宫二不能用冷水激，只能用嘴哈气来替代。

　　油条贵妃当时就傻掉了。三块银圆是她买油买面周转的本钱，真要是没了，生意也做不成了。赌是自己提出来的，原来是想难为他，不想这个人竟然有超人的本事。喊三声好哥哥也行，但这个人不怀好意，只怕是喊出来了，他又变卦了，更怕坏了自己的名声，今后无法做人。这样一想，不觉眼泪流了下来，愣怔怔地不知道如何是好。

刘辉见这个男的仗着自己会功夫，欺负一个女人，就想上前制止。刚要说话，水宗一已经知道他想做啥了，摇手示意没让刘辉发声。

济南自古名士多，好汉也多。到济南就和到沧州一样。镖局到沧州不喊镖，因为沧州练武的多，喊了就不容易过。沧州不喊镖为了悄悄地过。济南却正好相反，济南踢门槛则是为了扬名立万，所以，必须大造声势让人都知道。但济南的门槛高大莫测，不是猛龙不过江，没有真功夫，到济南还真不能张狂。马良在做山东镇守使时，他的一位老乡，是北方形意拳一等一的高手，宗师级的人物。一次到济南来做客，马良请了几个人作陪，其中有一位是千斤神力王子平的师父杨鸿修。说起王子平拜师，也是机缘巧合。王子平十六岁那年，因被诬陷为"拳匪"，躲往山东济南避难。一日无事，他去游览名胜，在济南东门外柳园茶室喝茶休息。茶室生意兴隆，很多茶客围在一个很大的水推磨边看热闹，由于水力作用，磨转动很快，旋力非常猛。王子平便说："我能搋住它，不让转动。"周围看热闹的人听了，以为他说大话，都讥笑他。他不服气，上前就搋，果然一下子将磨按拉住了。这时，在人丛中走出一人，身材魁梧，十分威武，把王子平召唤到一边，问清底细，便对他说："我愿收你为徒。"王子平一问才知，此人就是查拳掌门人杨鸿修。徒弟有时想拜一个明师难，明师想收个好徒弟也难。杨鸿修和王子平师徒二人，机缘巧合，相互吸引成就了武林中的一段佳话。

杨鸿修当时是马良开办的武术研习所的教头。那位高手，辈分高，武功高，加上与马良这层关系，又兼烈酒微醺，拿捏不住身份，言语上就放肆了。杨鸿修是济南武林的代表人物，见有人出言不逊要踢门槛，自然要迎战。马良想看真功夫，也就不吱声，算是默许了。

那形意拳高手上来就是一个崩拳，形意有名就有名在这崩拳上，所谓半步崩拳打天下。杨鸿修左手刁勾挂住对方右拳，用右脚内侧踩截其右腿，正是谭腿的技法，不让对方跟上半步，扰乱其发力。右手一个拦腰掌，以迅雷不及掩耳之势切中形意拳高手腰间肋骨的骨梢处。形意拳高手"啊"的一声被打将出去。杨鸿修功夫了得，这一拦腰掌力量自然骇人。一是形意拳高手的大话让杨鸿修生气，二是心中也掂量对方的功夫和面子，因此，一刁一腿用了九成的功力。拦腰掌本来该用靠小指一侧的掌根切出去，改成用掌背拍上去，也只用了七成的劲力。防守尽力而为，打击手下留情，不能因一时之气将事做绝。拦腰掌虽把对方打了出去，形意拳高手倒也没有摔倒，崩拳的姿势也没变形，只是硬硬地后退了两米多，站在那里半天没有说出话来，估计伤得不轻。形意拳高手实际也非俗手，确实有真功夫，也是一路搏杀出来的名头。为啥会被打出去呢？一则年龄大杨鸿修十几岁，二则多年来少遇对手，遇到的都是一个崩拳结束较量。心生骄傲，伸手出拳，未用全力，也没想到别人能接住这一崩拳。所以说人不能托大自大，失去警觉小心，必会受辱。这件事后来越传越玄，有人将之当作外家拳专克内家拳的证据。其实这事与外家拳、内家拳扯不上关系，拳也无法分内外，仅仅就是一次切磋。形意拳高手是败于自己的轻敌骄傲，同时也确实显示出查拳之迅猛和杨鸿修的功夫。

因此，水宗一拦住了血气方刚的刘辉，让他等等看，如果真没有人主持公道，再出手也不迟。再就是这个中年人来路不明，正邪不分，显露的一手功夫确实了得，贸然出手，也怕刘辉吃亏。低声嘱咐刘辉多观察这个人的破绽，到该出手时才能有的放矢。

果然，旁边理发的师傅不愿意了。理发的师傅和油条贵妃是邻居，平时就相互照应，今天见宫二白吃油条，又在油锅里摸走油条贵妃的银圆，自然不能不管。于是，上前赔笑道："这位大哥，油条白吃算是请客了，银圆是刚才油条贵妃和你开玩笑的，算不得真，况且人家小本经营，没有了本钱明天就干不下去了。"他这么一说，周围做小生意的人都附和着。

黄鼬宫二不紧不慢地笑道："好说，你剃头的手艺如何？剃刀快么？"剃头匠颇为自信地答道："我是祖传的手艺，剃刀也是传下来的，已有四代了。昨天刚磨过，锋利无比，这刀少说也剃过三十万个人头了。儿童的头最难剃，省主席韩复榘三姨太小儿子的头就是我包剃。"

黄鼬宫二笑道："那好，你要是把我的头剃干净了，我就把银圆还给她。"

剃头匠看了看黄鼬宫二的头发，宫二平时干的是钻洞的营生，养长发碍事，也不方便，只理光头。头也是刚理不久，头发刚刚长出很短的一点来，正适合剃刀刮，于是就说好。将黄鼬宫二安排在凳子上坐下，围上白围布，吩咐小徒弟用热水沁湿毛巾，拧干了水，放在黄鼬宫二的头上焐着，这本来是刮胡子用来软化须根才用的。剃头匠怕黄鼬宫二再生事端，加倍小心地伺候着。焐了一会儿，剃头匠将锋利的剃头刀，在荡刀布上来来回回地荡了荡，开始剃刮黄鼬宫二的短发。他左手轻扶宫二的头，防止下刀时头动。右手将剃刀调整好合适的角度，下刀就刮。剃头匠手法娴熟，又轻又快，三四刀下去就刮干净一小块来。"唰、唰、唰"，刀锋接触头皮的声音，好像有点不正常。剃头匠又刮了几刀，就停了下来。刚才明明刮好的地方，再看时又是一层很短的头发，好像没有刮去，又好像是刮去了刚长出来的。剃头匠揉了揉眼睛，刚才明明是刮了，咋还有头发呢？难道是自己看花眼了？再看黄鼬宫二闭目端坐，似乎是睡着了。剃头匠定了定神。也许是自己没刮干净，慢慢刮吧。于是将刚才刮过的地方又刮了一遍。正要刮别的地方，刚才刮干净地方又出现了一层头发。原来黄鼬宫二练缩骨功已到高深境界，不但能缩骨，运一口真气，就能将长出头皮不长的头发缩入头皮内。见剃头匠替油条贵妃出头，正好合心意，才答应剃好头就还银圆。剃头匠动刀一刮，他就吐气运功将短发缩入头皮内，剃头匠一停刀，他就把短发伸出来，如何能刮掉呢？剃头匠刮了足有半个小时，一点头发也没刮下来，倒是把头皮给刮得发红。剃头匠干着急也没办法。这时，黄鼬宫二似乎睡醒了，睁开了双眼，问道："头刮好了吗？"剃头匠连忙停手，站在一旁，不知如何回答。

"就这点本事，也敢管爷的闲事。"黄鼬宫二恼怒道。说完一挥手就抽剃头匠一个耳光子。剃头匠一个趔趄，正摔在一旁兔子王的柜台子上面，把一柜台捏好的兔爷、泥人砸个稀巴烂，竟然被抽晕过去了。宫二为盗，练成几手绝活，皆阴狠异常，指着这些功夫在关键时候保命。抽耳光子也非寻常人用手掌心打脸颊耳部，而是藏着手法，看着是巴掌抽去的，实际上是手指头贯上功力真气，击打四白、丝竹空、太阳、耳门、听宫五个穴位，掌心是悬空的并不接触脸颊，加之手快如电，抽上去并不出响声，被抽的人就晕了，外人看不清，也不知道其中玄机，犹如妖术。

兔子王以捏兔爷、泥人为生，是剃头匠的哥哥。兄弟俩凭手艺吃饭，摊子也摆在一起，同出同收。兔子王有手绝活，一团泥，双手捏几下，就出现一个兔子的形状，大拇指和食指再按几下，兔子头的五官就有了。用指甲掐三下，两只眼睛和一张微笑着的三瓣兔子嘴就出来了，整个过程也就一分钟左右。兔爷是兔头人身。既要对兔子的头部神态准确把握，又要对人体结构、骨骼肌肉、衣服的线条、站姿等十分清楚。不但外形要捏得像，更要能捏出精神和气质来。

他见弟弟剃不掉黄鼬宫二的头发，就知道不好，正在替弟弟担心，见黄鼬宫二动手打了弟弟，还把自己赖以吃饭的摊子给砸了。情急之下，一跃而出，挡在黄鼬宫二面前，双手上下翻飞，瞬间在黄鼬宫二的双臂上捏了十几下子。

人的手臂内侧有三条阴经脉，外侧有三条阳经脉。分别是太阴经——止于少商大拇指端的肺经。阳明经——起于商阳食指端的大肠经。厥阴经——止于中冲中指指端的心包经。少阳经——起于关冲无名指端的三焦经。少阴经——止于少冲小指指端内侧的心经。太阳经——起于少泽小指指端外侧的小肠经。约一百一十个穴位，可见手的重要地位。我们称艺一般都叫手艺，对其中翘楚称为高手。世界上所有的文明、精神和物质，无不是心智所思，再通过手来表现。太极拳行拳先走手，走手必中指领劲。顺逆缠丝时，或先从小指，或先从大拇指，依次转动手指，指指分离，又指指贯通合缠，手部的缠丝用得最巧也是最多。古话说，十指连心。十指的运动，直接通心，指的灵巧缠丝，能开心窍，益心智。

人的身体主干，六脏六腑各一条经络，共十二条，左右对称地分布于左右手臂和腿，也称十二正经。这些经络按照十二时辰子午流注的顺序，子时，沿着足少阳胆经开始运行，丑时——足厥阴肝经，寅时——手太阴肺经，卯时——手阳明大肠经，辰时——足阳明胃经，巳时——足太阴脾经，午时——手少阴心经，未时——手太阳小肠经，申时——足太阳膀胱经，酉时——足少阴肾经，戌时——手厥阴心包经，亥时——手少阳三焦经。每个时辰就有一条经络处于活跃状态，这时点击处于活跃状态经络上的关键穴位，就可以将人制住。人体有三十六大死穴，死穴又分软麻、昏眩、轻和重四穴。点穴歌诀云："百会倒在地，尾闾必出丧。章门被击中，十命九个亡。太阳和哑门，立刻见阎王。断脊无接骨，膝下急亡身。"

此时正是日出卯时，兔子王刚才捏的就是黄鼬宫二的内关、合谷、下廉、上廉、手三里、曲池、极泉、肩井等穴位，都是手臂外侧手阳明经上的穴道。兔子王平时没事时，就按照自己的身体外形构造来练习捏兔爷。对自己手臂、身、腿的结构，骨骼分布，经络、筋膜、肌肉的走向十分清楚，也不时地捏自己，对各个部位被捏时的酸麻胀痛有体验。虽然不懂点穴，但所捏之处皆是要害之处，手法虽乱，却碰巧暗合点穴之要。但兔子王只会捏，这捏的力度自然不比点击或踢打穴道。这些穴位，不是处于骨骼的凹陷处，就是处于血液、体液、神经枢纽的重叠处。时辰暗合，角度合适，力度刚脆深透，就能立刻见效。当然，这也是需要长年练习。

黄鼬宫二居然真的被兔子王捏住了。

兔子王虽然捏住了黄鼬宫二的穴道，但是只能将宫二的两只手捏得不能动，却制不住黄鼬宫二的其他部位。黄鼬宫二灵活，手虽不能动了，腿却快，抬起右腿就踢。兔子王虽然能用手法捏住黄鼬宫二，属于情急碰巧，毕竟不会武功。黄鼬宫二起腿一踢，兔子王就傻了，也不知躲闪。这一脚要是踢上，兔子王的腿就废掉了，因恨兔子王多管闲事，黄鼬宫二这一腿踢得又狠又快。

　　正在这时，水宗一递了个眼色给刘辉。站在旁边的刘辉早就憋着劲，见师父示意自己了，身体一闪，闪在兔子王和黄鼬宫二中间，挡在黄鼬宫二的面前。一提自己的右脚就把黄鼬宫二踢起的右脚封压住了。黄鼬宫二本来起腿踢踹兔子王的膝盖，起的是低腿，刘辉抬腿封压，正是太极拳母式金刚捣碓第六动。黄鼬宫二见右脚被封压，忙迅速抽回，落地踏实，一个右转身，左腿似一段钢柱朝着刘辉的头部右耳就旋踢过来。黄鼬宫二和李三同门，所擅长的技法不一样，但基本功一样，而且也深谙对方所特长的功夫，因此，黄鼬宫二的腿功也十分了得。

　　见对方左腿旋踢过来，刘辉不慌不忙，待腿快近耳边，右手中指领劲，向着右上方逆缠一转，用的是"正手圈"的开手。黄鼬宫二的小腿迎面骨正扫踢在刘辉右手小臂桡骨的外侧，就在黄鼬宫二的小腿和刘辉小臂接触到一起的刹那间，刘辉的小臂在中指的引领下一掤转，等于是小臂接触上宫二小腿迎面骨瞬间又旋拧了一下子。只听到黄鼬宫二"啊"的一声叫，左腿竟被刘辉的右手掤转开了。

　　黄鼬宫二手捞银圆，缩吐发根，本来想露一手，不想被一个毫不起眼的兔子王给捏住了双手。刚想收拾兔子王，却又冒出来一个打抱不平的。心中恼火，恨不得一腿踢死对方，疯魔般地用力，见对方只用右手招架，心里话这小子手是保不住了。没想到自己的腿被对方的手一搠，接触处的小腿迎面骨，立刻就像断了似的疼。自己旋踢过去的腿竟被搠回来，小腿就像扫在气球上，接触点又像是踢在四棱铁铜上，痛彻骨髓。黄鼬宫二真不愧是江湖老手，二击不成，小腿还被搠伤，他借着被搠开的力量，往后一转，一个后旋腿，身子在空中转了三百六十度，左腿下落，右腿上摆，右小腿的脚踝直冲着刘辉的左耳门又扫踢过来。叙述时慢，实际上这三腿都在电光石火间就踢到了。就见刘辉，后脚使劲一垫，前脚离地，前脚在空中向前下一蹬，身子纵在空中，再将后脚踢出，正是太极拳中的二起脚。拳谱中有云："击地捶打兼变抓，二起先求滑跌功。右转变靠加肘捌，右腿收转绞柱龙。右引左踢变左引，右脚踢起跃当空。"刘辉一个二起脚，身子腾起在半空，黄鼬宫二向他左耳扫踢来的腿，这时的高度只到他大腿的位置。刘辉在半空中的一脚直踢中黄鼬宫二右腿的大胯部。黄鼬宫二本来就瘦小，刘辉这一脚也重，一下子把黄鼬宫二踢出去多远。黄鼬宫二在空中翻了一个跟头，一个前抢背滚翻才止停住，起身时，双手已经能动了。原来黄鼬宫二在踢人时，身体憋聚的能量就在往手上冲，等挨了刘辉重重一腿，又一摔，竟把捏住的穴位给冲撞开了。黄鼬宫二手一能动，立刻半蹲身形，身体收缩成一团，蓄好了劲力，眼露凶光，知道今天遇到硬茬了，不拼命可能难以脱身，一边用眼紧盯赶上前来的刘辉，一边用余光观察逃离的路线。

　　刘辉急赶过来，黄鼬宫二猛地身形爆长，左手骈四指，照着刘辉的眼睛就直插过去，手插急如闪电，同时右手从右腰处翻掌斩出，直奔刘辉的左肋，正是赖以成名的鬼手绝技。这还不算，右腿合住敦实，左脚贴地一个前右扫，瞬间从上中下三路同时攻向刘辉。黄鼬宫二的打算，用绝招死击刘辉，不管击不击中，击完便向左边人少的地方跑，溜之大吉。

刘辉忽见黄鼬宫二缩成一团的身体陡长一倍，也吓了一跳，还没回过神来，对方的双手就攻到了。情急之下，也来不及细想，只凭身体本能的直觉反应，自然而然做出平时练熟的招数。急起右手逆缠走外右弧线斜向右前上斜角旋转外开，掤采住宫二直插过来的左掌，左手逆缠走左里下弧线下向按住宫二斩过来的右掌，这招是白鹤亮翅。完成的用法和拳谱上所说一样无二，"亮翅右退右斜采，左手下按防人攻"。右手是掤采，左手是掤按，刘辉这招白鹤亮翅，右采左按后，还有一个以左脚扫对方右脚跟的用法，但对方攻过来的力量太大了，虽然自己掤化同时又采又按，但也是感到吃力，左脚也没能扫出去。两个人一时像胶着了一样抗在那里了。

真的是刘辉用白鹤亮翅将黄鼬宫二给缠住了吗？黄鼬宫二不但武功了得，暗器也精。身为大盗，时刻要提防被抓，都有自己脱身的门道。表面上看，宫二左手直插的掌是明招为虚，右手切腰掌为暗是实。实际上左手是虚实皆有，在他的左袖子里还藏着袖箭，掌插不上眼，就放袖箭，暗器伤人，好让自己逃脱。一般人会认为左掌是虚招，右掌是实招，把注意力放在右掌上，如此思考恰好会上当。水宗一一直紧盯着与刘辉打斗中的宫二，宫二被刘辉踢出去，一缩身形，水宗一知道不好，要喊住刘辉已经来不及了。见身边有个济南刘家功夫针摊铺，刘家针铺是个老商号，最会做生意，有固定商铺，又有流动摊位。有字号，有商标，有产品介绍。针是功夫针，标是小白兔，产品有宣传："收买上等钢条，造功夫细针，不误宅院使用。转卖兴贩，别有加饶。"柜子里绒布上摆着一排排纳鞋底用的钢针，水宗一顺手抓起两根，腰裆松塌一转，小臂急旋，手腕一抖，两根钢针急射而出，一根刺入黄鼬宫二左手的曲池穴，一根扎进左臂上的环跳穴。因为，水宗一在黄鼬宫二的左边，只好打这两个关键穴道。黄鼬宫二的左臂一麻，不能动了，袖箭也放不出来，左腿一麻，也扫不出去了。忙提一口真气去冲，钢针扎在穴道上，如何能冲得开，只能咬牙苦撑。此时想撤劲逃跑，已经不可能了。不但腿麻手酸被钢针扎住穴位，刘辉的缠丝劲有採有按、有分有合，自己丝毫不敢懈劲，一泄力必倒。

见到钢针扎中穴位，水宗一心中有了底。轻松地走到刘辉的身后，把一只手放在刘辉的右臂和后背的连接处，轻轻一转。黄鼬宫二顿时感觉到一股轻柔的不可抗拒的力量从刘辉的右手传了过来。那劲力似乎没有方向，又似乎方向十分明确，似乎中间如钢一样硬，又似乎四周如棉一样软，螺旋而至。心说不好，忙猛地一用力想抗住，也是想挣脱。不料"轰"的一声，身如电击，黄鼬宫二的身体后仰离地有半人多高，飞出去一丈多远，正砸在边上一棵茶杯口粗的楝树上，把楝树砸断了。黄鼬宫二倒地后，身子猛地一佝偻，接着四肢一伸，头一歪，"哇"的一口，把刚才吃下去的还未消化的油条全吐了出来，接着又是一口鲜血。刘辉上前看时，见黄鼬宫二的左手前臂从中间凸出，显然是被缠震折断了，袖箭和机关被甩了出来。

众人都围了上来看，人群中站出两个人来，上前锁住了瘫在地上的黄鼬宫二，并亮明了身份。原来，这两人是专门追踪黄鼬宫二的便衣，跟踪了四五天了，一直也没有机会动手，黄鼬宫二十分警觉和灵活，一有风吹草动立刻就溜之大吉。今早跟踪到此，见黄鼬宫二被发飞出去摔晕，立刻上前锁拿住。二人既能交差又可以立功，因此，十分高兴。当下要求水宗一和刘辉一起去局里说明情况。水宗一推说有事，让刘辉一个人去，自己还继续去听书。

水宗一下午回到家中，刘辉已在家里满面笑容地等他，说是政府给他一个嘉奖，并奖了三十块银圆。水宗一就说这原本是举手之劳的事，也不值得声张，晚上把你师兄弟们都叫过来热闹热闹。刘辉问："师父，那黄鼬宫二的手如何能折断？"水宗一正色道："太极拳乃搏命之艺，非是儿戏玩闹。我要想让对方胳膊断，让断几节就断几节。这是缠丝劲的刚寸短劲的作用。记住穷寇莫追，一定要小心。今天如不是我用针钉住他的穴道，那支袖箭要放出来，轻则你会失去一只眼，重则会丢了小命。"刘辉连连答应称谢。

柒　真经活在灵岩寺

一夜梦见父亲，早上起来水宗一莫名惆怅。隐姓埋名，也不能回老家祭拜。嗯，到灵岩寺敬香，请一个高僧超度一下也好。听说灵岩寺的老方丈彩虹和尚精通禅密两宗，就想去拜见老和尚。刘辉有一个房下姐姐嫁在寺庙附近的李洼村，且每日给寺庙送素菜，正好能引荐一下。

彩虹和尚有些神通。山东省主席韩复榘对他万分崇拜。彩虹和尚最为人们津津乐道的传奇有二：他登坛讲经说法，不须五分钟，天空立马就会出现彩虹，不管天晴下雨，其一也。他坐天罡禅竟能坐七天七夜，其二也。坐禅入定七昼夜，已属厉害。但他的天罡禅坐法独特，名为坐，实则是倒立。以头杵地，双小臂在头的两侧也贴地，形成支撑。用头倒立七天七夜，确实骇人。

三天后，水宗一独自一人前去灵岩寺。灵岩寺位于济南府西南，泰山北麓长清县万德灵岩峪方山之阳，群山环抱，岩幽壁峭。远远地就能看到高耸的辟支塔，绿树叠翠中露出黄墙飞檐，入耳的是振铃、木鱼和诵经的梵音。水宗一心中有事，没有停下来欣赏美景，只是感慨佛家的脱俗和清静，就由刘辉姐姐领着进得庙来，也没有拜菩萨，直奔方丈室。还没有进屋，水宗一赫然觉得一股罡气，透过门窗扑面而来，就和太极掤劲一样，不动似无，一动掤劲就松正正地在那儿等着，不让你靠近半分。难道方丈是功夫高手？水宗一心想。"施主请进。"方丈室内传出了声音，那声音柔柔的不高，清晰又有穿透力。

水宗一推门进去。方丈室内，仅一罗汉榻，彩虹和尚盘坐在榻上，身材硕大，面颊红而不润，那红似两团胎记一般，结在脸皮上，干干得不透。就像翡翠中的干青一样，只不过是红色的。寿眉白亮亮的足有一拃多长。目光慈祥而温暖。对面墙上挂着一幅书法：無漏。两个字笔画东倒西歪，似连似断，无头无尾，如稚子初学之书，却又说不出哪里有不对之处。"無漏"两个字无拘无束，慵懒地在宣纸上躺着。榻前，一个蒲团。水宗一双手合十问候，就坐了上去。彩虹和尚双手合十颂了声"阿弥陀佛"。

"今早鸟鸣欢快，鸣声如诉，机缘显了。施主武功修为这么深，如何有碍呢？"彩虹和尚问道。

进屋时，水宗一感到室内的罡气愈强了，体内骤然一紧，旋即大松，正是临敌的反应。从跨进门到蒲团只有二三步，却似猫行，内里擎着一点灵劲，肢体却是松透透的，脚步落地不是蹬踏下去，而是松沉。正是步伐泄露了功夫。

水宗一见彩虹和尚识得自己的武功，知道他是世外高人，说了真话也不会对自己不利。于是便道："方丈，我的武艺是家传太极拳，因身负命案，只能隐姓埋名。前几日梦见家父，似乎那边天寒少衣服穿，今日特来请高僧超度。顺便也请大师开示一二。"

"难得你一片孝心。正是这孝心让中原的两大武学今日在此结机缘。"彩虹和尚并没有回应水宗一，而是说了句在水宗一听来没头没尾的话。

彩虹和尚接着道："刘嫂昨天已经说了你的来意，请你写好父亲的名字，我即刻安排超度，施主尽可放心。"

水宗一连忙道谢，写好了父亲的名字，彩虹和尚叫进来一个执事和尚，交代了一番，和尚领命出去安排做法事，不在话下。

彩虹和尚说："太极拳我不懂，但太极之理也曾研读一二。但观阁下的身手，已经进入化境，生活中的障碍对你来说再大也能泰然，施主乃大寿之人呀。"

水宗一再次道谢："小时候算命说我九十一岁有一劫，忌金。"

彩虹和尚道："这就对了。"

彩虹和尚前面放着一香炉，里面正燃着一根檀香。水宗一进来坐在蒲团之上，两个人面对面，香炉就在二人的中间。方丈室不大，也就一丈见方。那股香烟原来袅袅直上，因水宗一进来带动气流，烟气四处飘散。人坐下来不动了，烟又变直了。彩虹和尚面带欣欣，眉须皆白，面色干红，如如不动，配着黄色僧袍，红色袈裟，真如活佛一般。见彩虹和尚不语，水宗一也不好说话。这时，水宗一忽然看见，面前的那股直直上飘的细烟柱，从中间处向自己弯曲过来，就像有个看不见的东西在往他这边推烟柱。彩虹和尚真是了得，竟然能真气外放么？

水宗一心里正想着，彩虹和尚却道："六祖坛经说，'无念为宗'。无念是不主动起念，如镜，物来则显，物去则空。物来顺应，禅宗的机锋，徒弟问，师父答，太极拳难道不是么？"

彩虹和尚肯定式问话，不需要水宗一回答。水宗一在心里说："是。"

彩虹和尚道："那就放下心念来，不需要想那缕清烟了。"水宗一吃了一惊，难道这和尚能读懂我心里的想法不成。

彩虹和尚接着说："南院慧颙与风穴延沼有几句对话：

"如何是夺人不夺境？对曰，新出红炉金弹子，簇破阇梨铁面皮。

"如何是夺境不夺人？对曰，刍草方分头脑裂，乱云初绽影犹存。

"如何是人境俱夺？对曰，蹑足前行须急急，促鞭当鞅莫迟迟。

"如何是人境俱不夺？对曰，常忆江南三月里，鹧鸪啼处百花香。

"你今天问禅，看来我是人境俱不夺了。"

水宗一私塾的文化底子，练太极拳已经到了心智全开，彩虹和尚说完，水宗一心里已经全然明了，不单是这些禅语的表面。

"为何？"水宗一问。

"临济义玄云：王登宝殿，野老讴歌。如何能夺？"彩虹和尚接着道，"顺应接机，活脱无执，一经接触，问话者的心行动机，就分辨得透，随机决定夺与不夺。太极拳难道不是么？"彩虹和尚仍然是肯定的以问代答，"不过，虽说话头中有三玄三要，有权有实，有照有用。但都是思维上的参悟，容易陷入诡辩陷阱。物来顺应，如自身定力不够，也容易着了别人的道。最高级的顺应用道一以贯之。义玄禅师就是，有僧来，礼拜也打，不拜也打。问也打，答也打。有偈赞曰：'临济全机格调高，棒头有眼辨秋毫。'一棒打尽天下禅。"

水宗一忽然咧嘴一笑说道："我祖父、父亲临敌，只用一招金刚捣碓，不管来敌何招何势，往往是半式未完，敌已飞出，屡试不爽。"

"善哉！此乃拳合大道。"彩虹和尚道。

"奶格玛千诺。"彩虹和尚颂了句咒语。

"我修就密宗大手印，大手印与禅修相似，唯有不同的是大手印依仪轨修本尊法，由宝瓶气、拙火定、金刚诵等法修气脉明点，于

76

气入住融于中脉。身心皆有实际的变化，不仅是思维上的开悟。证得大手印后，空空之外，还有一分警觉之心。"

"既然空了，何须警觉？"水宗一问。

"保任空性是止，警觉之心是观，止观之心来应对世间万物就是妙用。你看那'無漏'二字。"彩虹和尚边说边指，水宗一顺着彩虹和尚的手指看去。

"这字就有警觉，天然自性，该歪就歪，该斜就斜。起就起了，止就止了。警觉内生而成，歪斜却不可倒掉，起止自有分寸。儒家的孔圣人说，随心所欲不逾矩。'矩'就是警觉。是你自己的，也是大家公认的。如无警觉，随心所欲岂不是放纵了？汉字书法是中华文明中最古老的符号，千百年来，沧海桑田，一切都在变化，中华文脉书法之道没有断过，几千年来变化不大的也只有书法了。书法的线条笔意中带着多少古人的消息啊！书和拳，一文一武，皆含动静之密。书法中有书有法，有碑有帖，有矩有用。布局，线条，笔锋，手法，意境，与武术无异。练式为真，体用为草。真书法度森严，草书随曲就伸。横平竖直皆为间架风骨，撇顺捺逆都是绞转血性。太极拳亦然吧！"

水宗一也用书法诠释太极拳，只是集中在对应的手法、笔锋、拳势等方面，似乎还没有到彩虹和尚的境界，听彩虹和尚这番话语，如痴如醉，知音、益友、良师都有了。

水宗一再看那幅字，自然歪斜的"無漏"，似毫无章法，却又合着无漏二字的含义，一点破绽和败笔也找不出来，真的是无漏。"無"字下面的四点，如波涟漪，自然起伏，点点之间，却似有暗流涌动。"漏"字三点水，真如屋漏之痕，垂滴而下，却含穿石不断的恒绵之劲。水宗一能用书法阐述太极拳之理，水平算是上等，细看之下，二字法度森严，那法度又非人为之界定，而是自然之规矩。笔墨线条已是天籁，是神在游走，而不是笔锋。自由自在如如自为，堪称天爵。又看时，那字一如午后阳光下的猫儿，懒懒的，松松的。但却又警觉无比，任何一点风吹草动，都能瞬间弹起来。

水宗一已是看呆了。

"你也是，你的坐姿就是警觉之心。"彩虹和尚指着水宗一说。

原来，水宗一感受到罡气后，在蒲团上坐下时，双脚外表是单盘。不同的是里面，裆内左右两根大筋松开，胯部打开，双脚的外脚踝侧贴在蒲团上面，脊柱中正，尾闾微微后翻，正是太极身法。因为蒲团比罗汉榻矮，矮处对于高处来说就是劣势。水宗一不自觉地就这样坐下来，这个坐法，一触即能跃起，不须有任何辅助动作。武侠小说中，常说高手随意就能跃出三丈开外，不是随意，那是多年的功夫化到身上，自然的行走坐卧都符合武术技击要求，如此才能随机应敌。

"你扭头看字，身形丝毫不散乱，脊柱中正，说明你体内的劲力分合已近自如。你随着小和尚到千佛殿去看看灵岩寺一绝，宋代泥塑。如有造化，再来计较。"彩虹和尚的口气虽然温和却有着不容置疑的力量。

于是，水宗一跟着小和尚来到灵岩寺的千佛殿。

自唐代起灵岩寺与浙江国清寺、南京栖霞寺、湖北玉泉寺并称"海内四大名刹"，并名列其首。千佛殿内供着四十尊宋代彩色泥塑罗汉乃是镇寺之宝。三十二尊塑于宋治平三年，八尊为明万历年间补塑。塑像皆坐于80厘米高的砖砌束腰座上，罗汉像顶距座面高度在 105 厘米至 110 厘米之间。历代世人多数从艺术角度来看塑像，说灵岩寺的彩色罗汉，与别的寺庙不同。侧重于写实，具有浓郁的世俗气息和现实生活情趣，以形写神，以神表情，以情现心，体现出每尊罗汉的个性与特点，真实、生动，接近于世俗的生活。

罗汉们的举止：有的合掌，有的骈指，有的趺坐，有的口讲手指，有的侧耳细听，有的拈花微笑，动作准确生动。

罗汉们的神情：或刚猛愠怒，或和善老成，或据理力争，或闭眸沉思，或笑容可掬，或俯首低吟，或纵目远眺，表情细致入微。

罗汉们的气质：或骨骼清奇，或静如处子，或雍容华贵，或佛性外现，神气活现，呼之欲应。

水宗一不知道彩虹和尚为啥要让自己来看彩塑罗汉，既然如此安排就一定自有道理，慢慢看吧。到千佛殿里一细看，水宗一吓了一跳。有人说，如果自己只有一把锤子，看世间所有物件都像钉子。水宗一常年练拳，心身具在太极拳中，心里除了拳式，就是拳理。休闲或与人聊天时，也是用肩画"∞"字练功。此刻仔细观看罗汉塑像，竟然觉得罗汉们在练拳，那些姿势、表情、神态分明是在练太极拳。

水宗一见一泥塑罗汉双手如抱球状于胸前上方，一脸的安静，下颌微收，顶劲虚领，双肩松松如挂绳，合着下溜的肩头和手臂，形成的弧形曲线自然流畅，肘坠如砣，一身浑圆之气。祖父练拳站桩起势时，就是这个样子和神态。看旁边的名字却是灵岩开山法定老和尚。看着看着，觉得身上真气腾腾上拱，双手欲动，中指微翘，有跟着灵岩开山法定老和尚做同样动作的意思。

水宗一转眼看到东边有一罗汉，右脚放在左大腿上，右手弧曲四十五度露着中指直指上方，大拇指压住其余三指握曲在中指根部。旁边有字：东土摩诃菩提尊者。这不就是太极拳的中指领劲吗？心意一动，手不知不觉动起来，中指领劲在胸前旋转四十五度逆缠外开，指领手，手领肘，肘领肩。手围绕中指自转，下塌外碾，松肩坠肘，收合于腰，收肘不收手。水宗一刚画了一个正手圈，猛然心中一热，从右胸前的天池穴一股温热的真气经天泉、曲泽、郄门、间使、内关、大陵、劳宫拱走到中指指端中冲穴，把水宗一吓了一跳。真气拱串的经络正是手厥阴心包经。

水宗一又看一尊罗汉，却是宾头庐婆罗多尊者。就见这位尊者，右手似拈花形，旋缠约四十五度弧形扬在右胸前，左手微曲指，掌向上托于右手下方，与太极拳的高探马一式相似。这边心念刚起，身子外形没有动，内劲竟然按高探马的发劲路线动将起来，自己想要不动，却止不住，心中大惊，怕劲气乱动走火入魔，忙吸一口气，直沉丹田，那行至肩井穴的劲气却不听使唤，心中一急，忙把眼光移到另一个罗汉上。

这尊罗汉是灵山会上波陀夷尊者。只见他左手握拳弧于左耳边，右拳合于左拳边，这姿势就是"庇身捶"。练庇身捶全身左右缠丝拧动，心中刚想到这里，从脚底的涌泉穴到头顶的百会穴被一股温热真气整个贯通。

四十个罗汉看下来，水宗一竟然全身被汗湿透。人走了一圈，真气按着泥塑罗汉的身姿在体内走了三十二遍，奇经八脉都通了。足足看了六十分钟，这六十分钟相当于增加练六年拳的功力，身子竟有点虚脱。这个感觉只有那次在杭州与日本人拼内力后才有，这次还要更虚一些，有点移不动腿。正在这时，彩虹和尚走进殿来，见水宗一如此，就知道水宗一已经识得彩色泥塑罗汉之密了。忙吩咐小和尚出去，把殿门关上，守在门口任何人不准入内。

彩虹和尚问："施主练过《易筋经》？"

水宗一答："没有，只听说过，乃少林至尊武功秘籍。"

"没练《易筋经》，身上却有《易筋经》的劲气，赏佛姿竟通懂内劲，天数呀！"彩虹和尚又说，"缘分到了，赶也赶不走。今天我就告诉你一个千古之秘吧。

"少林寺自唐朝开始，因与皇权关系的亲疏，也是屡遭劫难。少林寺最神秘的两部武术秘籍《易筋经》和《洗髓经》，更是为武林人士觊觎。宋治平初年间少林寺当家主持，怕真经丢失，就将一部《易筋经》秘密转移到灵岩寺内保管，灵岩寺方丈唯恐绝学失传，按照其三十二式功法塑造成三十二尊罗汉。一则塑像能神形兼备，准确地表达出功式身形。二则塑成菩萨后一般人不敢毁坏，能永世流传。懂者，一见就知，不懂的，天天看也是泥胎塑像。此密一直在主持方丈之间秘密传承，外人，包括寺内僧众都无从知晓。灵岩寺中的罗汉塑像，实乃拳式。古人传武功，乃口口相传，担心失传，乃以文字和画像记之。文字容易产生歧义，画像是二维平面，也难渲染表现拳架之妙，且书籍容易毁于虫蛀、火灾、人盗。唯有塑像可以全方位精确地表达拳架姿势，塑成罗汉，谁也不敢盗，也盗不走。针灸的传承练习，也有造铜人仿真，铜人的三百五十四个穴位留有小孔，装入水银，用蜡封住，针对了穴位，穿透了蜡，水银就流出来了。易筋经乃三十二式，因此塑了三十二尊罗汉。到了万历年间，又将《易筋经》八步心法，塑成罗汉，遂成为四十尊罗汉彩色泥塑像群。"

彩虹和尚继续道："武人，能懂得三十二式易筋经的少，懂得八步心法的就更少了。今天，施主竟然自通三十二式，我就将八步心法传给你。眼见，倭寇猖獗，国人惨遭蹂躏。不过，此次灾难会过去，当再次国泰民安之时，恐怕儒释道都又是另一番面貌了。我已无时日，无法细传功法，好在有罗汉塑像在，你懂得心法后，用观师诀，自参吧。"

观师诀，亦称"观师默相"，是学手艺人的方法。从师那天起，就要随时随地学习模仿老师的一举一动。这样所传法子才真，手艺才精。其实，观师诀亦不神秘，就是跟着老师，依葫芦画瓢，他咋练，你咋练，学其行，求其神，练出师父的味道。到自己练时或用时，默想老师做手艺或练拳的神态，摆起老师的架子，一切手艺或拳势中的规矩，自然会显现。水宗一家学渊源不说，就是儿时国学启蒙，到现在吟诵诗文，还是授业老师的做派，微眯双目，平声起韵，及至妙处，摇头沉醉，待到高潮，陡然提声，猛睁双眸。老师是个精瘦的老头，那时却目露精光，神采飞扬。长时间的观察学习，自然就会模仿老师的言行举止。

彩虹和尚指着一尊罗汉道：

一曰立鼎增内强，

第二安炉煮阴阳，

三炼外肾造精袋，

四静心原息万方，

五锁玉关真精长，

六透三田气自刚，

七贯任督冲天狼，

八藏马阴龙虎降。

彩虹和尚边念边指边说，说完问水宗一："记住了吗？"水宗一点头。水宗一此时知道彩虹和尚乃世外高人，心中有不少疑问，父亲已死，自己藏身闹市，不敢抛头露面，这时正好能破心中疑惑。水宗一此刻的心思，既非谦虚，也非客套。真有半疑要解，更多的是求个印证。自己多年的参悟，需要印证。既然有此机缘，当然拣要紧的问。

水宗一问："黄中一窍究竟在何处？"

彩虹和尚答道："在该在之处。释曰禅关，道曰玄窍，儒曰黄中。禅关一窍，息心体之，一旦参透，打开三家宝藏，消释万法千门。万理一空，空是密语，于人是'心思'，无形无质，为我独尊。此窍见心则开，见色则闭。先圣王守仁先生'心学'之心，志性是也。"

水宗一只记不思，等回头再慢慢参悟。

水宗一问："咒语是何物？"

彩虹和尚答道："护心之物，让心不受干扰。"

水宗一问："转世可能吗？"

彩虹和尚答道："我的上师给我讲过一件事。上师的上师大宝法王和上师关系很好，上师一直侍奉在大宝法王的身边。有一次，上师向大宝法王提出一个请求，非常希望得到大宝法王圆寂后的一颗牙齿舍利，大宝法王答应了。但后来上师外出云游时，大宝法王圆寂了，法王的肉身荼毗后，留下的舍利，就连牙齿都被僧众给分了，上师回来了，啥也没得到。后来上师在大昭寺见到转世的年幼小大宝法王，上师就问：'你在上一世圆寂前，曾应诺我的东西在哪里？'年幼的大宝法王伸出小手从衣兜摸出一颗他脱落的乳牙给了上师，上师惊呆了，当时，泪流满面。"

水宗一问："我父亲留有遗言心得，太极拳的最高境界是'击空'。我一直不解其意。"

彩虹和尚说道："汝父是高人。我佛空性，曰四大皆空。空不是虚无，而是一种看不见的能量。空，并不是能和色分开的东西，它是色或可视之物的本质。没有实质的有，只有绝对的空，空即是色，色即是空。空，自己没有实相，没有形状，没有静止，也没有移动。在对手出手瞬间，用直觉来感知来势来力的方向、大小、远近、角度、时机，这是种包含着长年累月练习后，理性计算，感性感觉，经验记忆，一切的动作，都是心之'寂然不动，感而遂通'，不空如何通？"

"你来打我吧。"彩虹和尚向水宗一招手道。

水宗一此刻已知彩虹和尚有真东西相传，也未犹豫。走上前来，一招太极拳的"六封四闭"，腰裆螺旋，双手自转，向彩虹和尚胸前按去。以水宗一的功力，就是按在一个铁人身上，铁人也要被按坍塌了。手刚触到彩虹和尚的衣服，却见彩虹和尚笑嘻嘻地将双手往上一抬，似乎伸个懒腰，正是《易筋经》中的托天一式，竟然将水宗一修炼几十年的缠丝按劲化于无形，按劲竟被一个懒腰给空掉了。水宗一觉得就是父亲功力最好时，也不过如此，况彩虹和尚年岁近百。按空之后，水宗一身子先稍向右再向左侧转，双腿缠法变为左顺右逆，暗塌裆劲，同时右手顺缠，右肘贴肋，手走外上弧到右耳旁，手心侧向左后上斜角，中指扬向右前上斜角。左手变顺缠走里前上弧

84

转到胸前，与胸齐高，手心侧向右后上斜角，中指扬向左前上斜角。此势正是掩手肱捶的第三个动作。太极拳缠法是根本，手脚身腰胯，无处不缠丝。双手都是中指领劲，所以特别强调中指的指向和角度。为此，水宗一没少挨父亲和祖父的骂，就是因为中指的扬角指错了。

只见水宗一身子仍然向左转，胸正向彩虹和尚，左腿顺缠，弓膝塌劲，右腿逆缠，松垂右膝成左弓步。同时左手继续顺缠走里右弧向胸前收转，手心侧向右后上斜角，中指垂向右前下斜角，右手变逆缠握拳从胸口击出，正是掩手肱捶的最后一击。那击出的右拳，拳心侧向左后下斜角，拳眼侧向左后上斜角，力点正在凸出的中指的中关节处。掩手肱捶力道十足，腰裆的螺旋力量大，刚纯无比。这一拳正好击中彩虹和尚的膻中穴。因为刚才自己六封四闭的一按，被彩虹和尚轻松化解，水宗一惊叹于彩虹和尚的功夫之高。所以，这一击是放手一搏，用了全力。但奇怪的是，彩虹和尚却没躲没闪没化，硬生生地受了这一捶。等他发现彩虹和尚没有化解，想收住劲力时，已经来不及了，轰的一声，彩虹和尚往后退了五步站住身形，嘴角流出血来。本来脸上左右颊两块干红，此刻变润了，红通通的从里面沁出来，就像少女见到心上人情动之时的红潮，娇艳欲滴。

太极拳势势都可以发力，身体处处都可以打击。但如果说缠丝蓄劲最大最明显，同时打击力超强的就数掩手肱捶。刚才一按被化，水宗一就势用了这招。掩手肱捶，通过左右脚往上顺逆缠，合到腰裆处为统一的螺旋侧转，双手左后右前的缠击，将全身之劲力螺旋蓄束于一条线上，再通过右后膝的松坠，尾根的后翘右转，瞬间从右拳中指中关节的一点缠绕击出，普通人挨这一下子，五脏皆碎。太极拳的打击力，不是通过拉开距离产生的，而是通过缠丝积蓄瞬间在短距离产生的膨胀爆炸螺旋而发出。长矛刺人和子弹打人是两种打击方式。长矛刺人，要拉开一定距离，才能产生冲刺力。子弹则不必，力量蓄在火药里，点一下或撞击一下引信，瞬间药体膨胀爆炸，然后子弹通过来复线的作用旋转着出击。有的子弹劲大，即使击中手指，也能震坏内脏。再就是太极拳一直松柔行拳，握拳也是松空拳心，只是在打击到目标的一瞬间，双脚掌的内侧，靠后跟处，往下松沉着力，尾根后翘十五度，同时右拳一紧，旋即松开。

尽管此捶的打击力如此骇人，但也不是像普通拳击那样全身皆向打击点倾斜，还是阴阳平衡守着中。一是右臂缠丝击出，但不可伸直，而是如弓背一样是弧形，防止对方躲避开后採捋。二是在右手打出的同时，左手顺缠，左肘向后，肘尖也有个向后的打击力，此劲不大，但足以平衡右拳前冲的身体惯性。因此，掩手肱捶，可以同时前后打击。后面一个人抱腰，前面一个人攻来，一个掩手肱捶，前后两个人皆能被发出。功夫之道听起来、看起来好像玄而又玄，实则皆暗合人体的结构力学和太极之道。

"方丈！"水宗一大声惊呼。

"施主，勿怕。"彩虹和尚道，"我自幼出家，先后受先师胜乐金刚大法，恒河大手印，大圆满，观音大罐顶等大法传授，后被请来主持灵岩寺，获达摩《易筋经》真法的修炼，行走坐卧皆可行功合道。一次，在悬崖边教授小沙弥练功，授毕。小沙弥各自练习，我也在一旁行功。当一口真气行至膻中时，一个小沙弥不小心一脚踩空，摔了出去。我为救他，心中一急，身已越出，抓住摔出去正在往下坠落小沙弥的脚尖，拉了上来，救了他一条命。但那股真气却滞在膻中，用尽一切办法，也无法导出，除非有外力真气，自己是无法解决。可惜上师已往生了，又无人能解。那时，我心生凄凉，方觉得有位能棒喝的上师在，多好。"

明代高僧憨山大师，禅悟极高。憨山有一次正在参究《肇论》，下了座，揭帘立于阶前，忽然风吹庭树，飞叶满空，则了无动相，曰："此旋风偃岳而常静也。"接着他去便溺，了无流相，曰："此江河竞注而不流也。"即便是这样的高人，几次在禅悟时，出现幻象，差点走火入魔。一次坐禅，一口气作了几十首诗，停不下来。因无师棒喝，出不了幻境，只好躺下大睡，禅病才愈。

"心窍脉结，证光明大手印，成就虹霓光蕴之身。我却因膻中郁结，苟活近百年了，按照前世开悟之日一算起，我已经近六百岁了。今与施主结了善缘，借你太极缠丝纯劲，打开我的膻中滞气，此穴一通，我身心通泰，般若已显。我修得大手印，已经证得，今日有缘，我要走了，且将功力加持你。"彩虹和尚边说边在蒲团上坐下来，"大手印产生于密宗，但其功法含义已经不限于一宗一派。'大'是四大皆空的大，含摄一切事物，乃大心愿，大境界。'手'是行为行动，把大心愿具体地做出来。'印'为明心见性之智慧，超越一切。其关注和涵盖着当下和终极。'大'为志为根，'手'是道是行，'印'亦证亦果。三者缺一不可。无'大'之'印'只是个人修为；无'手'之'印'易以慧为傲；无'印'的'大'和'手'便是世间俗法。只有利众才是真正的大手印，才能永世传承。你想一想，你的太极拳是否一样，此拳乃华夏文化之结晶，应该有利众生。"彩虹和尚顿了顿，颂了声："格热巴玛色德吽。"这是请加持咒，"格热"是上师，"巴玛"为莲师的名号，"色德"是我们希望得到的共同与殊胜的成就，"吽"为莲师的心字或种子字。

"我虽然不是你的上师，但你我有缘，我要加持你。"彩虹和尚道。所谓加持，就是上师身上巨大的生物能量场与受加持者共振，上师将证量光明传递给受加持的人。

"格热巴玛色德吽。"

"格热巴玛色德吽。"

"格热巴玛色德吽。"

彩虹和尚大声诵咏。旁边的水宗一就感觉一股股热浪慢慢沁过来，并包围着自己。身体感到越来越热，热到快受不了时，骤然胸怀一开，一片光明，全身轻盈通亮。仿佛在一个晦明晦暗的混沌里，一下子亮了灯。刚才观看罗汉通经脉的脱力通泰，此刻变得全身劲力充溢，又轻灵逍遥，好像一点也感觉不到自己身体的重量。

彩虹和尚停止了诵咏，气息有点脱节道："我要走了，临行有一偈送于施主。"彩虹和尚神情如要远行向亲人辞别一样，充满了对远方的神往，欣欣然的面容，声音明显比刚才小了很多，就像做了啥负重的事，气息不够用了。

水宗一侧耳细听，彩虹和尚吟唱之声，细小却清晰，犹如钢丝，音质异常，声音不像传入耳膜，却似金石家用刀在玉石上雕刻印字一般入心，那刀法轻巧刚劲，一刀一痕，绝无犹豫，纯熟自然，印迹清淡典雅，显出的刀劲却有千钧。水宗一有时在子夜松透了柔柔地练拳时，偶尔的一声天籁，就会出现如同响在心上，那感觉和现在的一样。

自许时时侍祖边，
易筋雕塑式趷翩。

88

功夫强种神州泰，

罗汉加身意志坚。

虫蠹食书无假字，

金刚显势谛真全。

摩诃般若波罗蜜，

向死而生结善缘。

　　吟诵停止了，许久也听不见彩虹和尚说话。水宗一靠近细看，彩虹和尚似入定之态，无了呼吸，却是以颇瓦法辞世了。

　　"颇瓦"二字是藏语，意为"搬迁、移动"，是密宗密法。修炼颇瓦法需要灌顶传承，得到上师的加持。密宗认为，人死时，周身气息渐渐收摄，先由手足冷起，依次摄于心中，最后心中的那个暖气一断，全身僵冷，人便死了。"颇瓦法"就是要把握这口气，把心连同气整个地搬迁出去，另外觅找生趣。

　　自宋代易筋经罗汉像塑成之后，这个秘密就一直不被人所知。历代主持，虽有传密之任，修炼《易筋经》的却不多。虽能按式练习，但心法功夫，几近失传。到了彩虹和尚这代，因彩虹和尚幼时在藏修炼密宗，接主持位时才知道实情，按式修炼，竟得真经之秘。今见有人识得，心中已无一事牵挂，年近百岁，瓜熟自落，遂颇瓦而去。真个是"时机成熟当往生，非时往生杀天尊"。

　　世上没有比死更可怕、荒谬，令人崩溃，更没有比死更确切的事了。求生拒死，人之常情，帝王、平民、乞丐心皆同感。但生命有限，人一生下来就向死亡靠近，世事无常，啥时候死不好确定，但都要死去，确定无误。彩虹和尚把死当作走路回家一样，自然而然。

没有恐惧，没有痛苦，有的只是微微的欣喜，微微的向往。

霎时，灵岩寺僧侣大乱，忙碌着为主持准备安葬的石塔。水宗一听那偈语虽不解全部深意，却懂彩虹和尚委托他保守秘密，将此功法传承下去之意。但自己非僧，而寺内又无新主持方丈，一时也不知道该如何是好。

和尚们正在咏诵开路经，晴空深处隐隐有闷雷之声，空中出现弧形彩虹合并成一个圆，似乎在转动。彩虹和尚高大的身躯骤缩至一尺来长，宛如孩童。再细看时，通体晶莹剔透。

水宗一不懂法事，只好回济南。千佛殿内易筋经罗汉之密只能等到新方丈升座后，再设法告之。于是，水宗一每个月都要去灵岩寺一趟，名为烧香，实则是看泥塑罗汉，详细地参悟彩虹和尚传给他的八步心法。

灵岩寺发生的奇异之事，在济南府市井很快传开了。但官方因日寇进犯，穷于应付，并未做出任何反应。韩复榘此时正为是守是撤犹豫不定，灵岩寺主持方丈虹化而去，正好给他送了个借口，佛祖显灵，退防大吉。韩复榘一枪不放就撤防，有自己的算计，更多的是保存自己的实力，不愿死拼。其实，真拼也拼不过。但这个私心是上不了台面的。当时"小诸葛"白崇禧有个战略："以空间换时间，积小胜为大胜。"韩复榘的逃跑固然可恶，但好像也符合白崇禧的战略原则。只是韩复榘做了前半句，丢了后半句。"空间"换了，"小胜"未积。蒋介石的手段高明，仗打赢了可以明升暗降地铲除异己，打输了更能名正言顺地杀了独立山头的军阀。

坊间有很多关于韩复榘粗俗的笑话。有些是真的，有些则是强加的。韩复榘并不是目不识丁的大老粗，他父亲是个乡村的私塾先生，他还在县衙做过笔帖式，也是文情武胆皆备，为冯玉祥手下十三太保之一，人称"飞将军"。冯玉祥带出来的将兵有血性的多，面对强敌舍生取义的也不少。如果没有两把刷子，还真做不到太保这个级别。据说蒋介石和宋美龄倡导新生活，制定交通规则曰：车辆都靠右行驶。韩复榘就半真半假地谐谑地问："都靠右边行驶，那么左边留给谁？"惹得蒋介石差点笑掉了假牙。君王高兴时，你调侃，他能笑掉假牙。不高兴呢？你满口胡诌，他假牙一碰也会要了你的命。

　　韩复榘撤防，先退济南再退泰安，心里想用彩虹和尚虹化为撤退找借口，但借口容易变成口实。天人感应，能正能反。彩虹和尚虹化而去，可以预示着撤退，也能预示着他离死期不远了。蒋介石与冯玉祥貌合神离，韩复榘是冯玉祥的嫡系，蒋介石岂能容他。更要命的是，蒋介石在西安被张学良兵谏扣留，韩复榘竟致电张学良，称赞张氏之非常行动为"英明壮举"。韩复榘在山东做主席，军政治理得皆还过得去，蒋介石虽恨却也无法奈何。弃山东而逃就给蒋介石找到了发飙的理由。济南府不好守，虽说济南有黄河天险。济南和南京一样，阴水在北，坏了城市的阳气，阳气一泻，无法固防。南京六朝古都，朱建文没守住，太平天国没守住，蒋介石也没有守住。风水讲藏风纳气，阴阳相济。南方丙丁火，需水济之才能和。北方壬癸水，需山镇之才能固。济南和南京皆反常，都是水在北，山在南，就如同太极拳"双重"一样的滞，一触即溃。济南更胜于南京之处在于除了黄河之水还有地下泉水，所以更加阴柔。这样的风水适合练功、养生、生活，并不适合固守。但泰安就不一样了，泰山雄绝，阳刚异常，护佑山东半岛。山东家家建房盖屋都用泰山石敢当。敢当却不担当，韩复榘虽有理上的逻辑在等着蒋介石，你丢了国府南京没事，我丢了省府济南自然也无妨。但是权大欺理。理，对于当权者来说，只能退化成工具。这和武术中的功大欺理一样，实操层面上的对错决定着输赢和生死，理上的正确与错误，只能是纸面上反思的逻辑游戏。

捌 人外有人荷上飞

———◆◆◆◆———

水宗一平日练功教拳，只要有树有水即可。大明湖边的司家码头、汇泉堂、东流水、黑虎泉等都是练拳的地方，但自己独自练拳练功必须择地。

一日之中，行功最佳是在午睡之中练，无极式躺卧，息调匀自然无思无念地睡去。醒来后，呼吸任在不调自调的自然之中，丹田及全身都润沁在一片浩然温煦的光明真气中，欣欣然，喜乐祥和。午练无极静卧功从来没有中断过的，春夏秋冬，每午必练，且不能有人打扰。常言道，恁惹醉汉，勿惹睡汉。特别是刚入睡的时候，睡意正浓，若有人打扰，必恼，更何况是在静卧行功中。所以，水宗一的家人、徒弟都知道，午睡之时，给一百个胆子也不敢惊扰他练功。

子夜时练功是年轻时候的习惯，六十五岁后就不再打熬了。但有几个特殊的日子，则子夜必练。

一月之中，每逢十五，月圆前后三日，则必须择地练功。月圆之时，练功最容易出功。一月之中，关键三天，十五、十六、十七日，所择之地必须符合倍增太极功夫的要求。

十五日子夜，大明湖湖心小岛上，正是练功的好地方。

大明湖东南岸，秋柳诗社后面，有突入湖中的六角亭一座，名为"天心水面亭"。此亭与不远处岛中的历下亭遥相呼应。西南面亭柱上是淡墨探花王文治的楹联行书"月到天心处，风来水面时"。其实，这副对联说的却是对面湖心岛的风水——水聚天心。

湖心小岛四面环水，水聚天心。收心如水，心静如水。水汽的沁润，水面隔断了外面的噪声，水汽又隔断外来的秽气。老子说："上善若水，水善利万物而不争，处众人之所恶，故几于道。"水，看起来软且无形，实则坚韧。日本人的三八大盖，可以近距离把薄铁板击穿，但打在水里，最多穿一米就停住了。此地此时，可以收摄月力水性，蓄于下丹田之中。小岛上练功，是盘太极一路拳架。一路太极拳，九九八十一式，有些式子出功，有些式子治病，有些式子练身，有些式子练心，螺旋缠丝通全身，久练则必神明。

十六日子夜，此时月亮最圆，能借助月圆的巨大能量。趵突泉边，三股泉水震声从地下喷涌而出，借助其喷冲之力，加上拳势中的柔刚之劲，引动、带动身上蓄积的罡气，容易通周天，梳顺脉结。泉水从地下喷涌而出，属于地下真水，阴柔之极。趵突泉边适宜练太极二路乾罡捶。二路乾罡捶架子紧凑，发劲多，拳式短少，只有六十四式。趵突泉水虽然在喷出之前没见过阳光，阴柔异常，但温度并不低，属于阴温之水，所以，冬日也不结冰。此地练乾罡捶正好能以喷涌的阴温催动体内元阳。此地狭窄，只有南面戏台一小块场地可以练拳，真是拳打卧牛之地。

十七日子夜，在千佛山半山腰齐烟九点牌坊处。北方壬癸水的方位玄冥之水，北面黄河天上来的无根雪山冰水，趵突泉的地下阴柔之水，子时的纯阴之气，皆汇集于齐烟九点之处。齐烟九点，寻常人只知道是济南景点之一。在齐烟九点牌坊北望所见到的卧牛山、华山、鹊山、标山、凤凰山、北马鞍山、粟山、匡山、药山九座孤立的山头。实际上，千佛山原来叫历山，亦名舜耕山，乃舜帝耕种的地方，是泰山向北的余脉。齐烟九点在千佛山的山腰处，对于泰山来说，却是泰山北面真正的山脚处。北方玄冥之水，黄河之雪山冰水，趵突泉地下阴水，三水之阴柔精华被千佛山挡住全汇集在此。泰山雄壮纯阳至刚之气，和着三水之纯阴至柔之气，相交于此。子时，阴到极点，子时一过，六阴之下，一阳复来。此时此刻此地练拳，就能将体内的元阳融合进大地初升的阳气中，以此来引动、带动升腾体内阳罡气。此乃济南风水之密，山之刚阳，水之柔阴，汇聚于此，所以济南人重文尚武，名士多，武士雄。词人中，婉约派的李清照，豪放派的辛弃疾皆出于济南，阴柔阳刚的两极同处一城，也是却非小可的事。正是泰山黄河的极阳极阴造就了山东半岛大的风水格局，孕育成就了万代师表的孔子和中庸之道。孔子登泰山而小天下，临黄河而悟叹逝者如斯夫。面对这自然界的两极之相，也只有意识到、摸到、感受到两个极点，才有可能找到真正的"中"来。古语云："江南的才子，山东的相，陕西的土地埋皇上。"说的是山东出宰相，但出不了帝王。不太准确。舜帝，就是山东人。孔子是素王，不是比皇上更厉害吗？或许是出了一个素王之后，风水地力出尽了，所以就再出不了帝王了。

齐烟九点乃三昧真水与泰山真阳交泰之处，最适合练功。水宗一每月十七日子夜来此处练太极活桩功——三换掌。太极拳螺旋缠丝，一动皆转，只有部分相对不变的对应关系，没有静止的姿势。因此，太极没有静止不动的桩功，有桩也是活桩，即三换掌。拳谱上云："背折靠左右引击，下掩手捶向裆冲。转将进按双推手，三换掌是活桩功。"三换掌，步法为左后虚步，身法的旋转是右侧转，变左侧转，再右侧转。手法是双顺左手开右手合，变右手逆开左手顺合，再变双手顺合。三换掌动作不多，看似简单，却是太极拳极为重要的基本活桩。此势中含着手法的开合顺逆，身法的左右侧转，腿法上的虚实。由于手法的三换多变，下盘的腰裆膝配合角度也不一样。身体上、中、下，下、中、上来回螺旋升降，手掌来回互换顺逆缠，腰裆螺旋开合，膝部的缠丝提坠，整体精妙地旋转配合。长时间地练习此式，能增加太极缠丝劲的功力。齐烟九点牌坊，在千佛山的半山腰，这里只有石台阶和一个很小的平台，也不适合练动作很大的式子。极阴极阳的交会地，此消彼长，变化不停。而三换掌所练的也是刚柔虚实通过缠丝旋转的方式互换，正好能借助天地风水的阴阳互换之力。另外，一年中，冬至这天子夜，水宗一会风雪无阻地在此练功。冬至，又名"一阳生"，是一阳初生的节气时辰，此时此刻此地练三换掌，会事半功倍。

上述三个练功地点、时辰、方式是水宗一的不传之秘。别说徒弟了，连儿子也没有说过。只等选定了传承衣钵的新掌门人，才能传授。

这月十五，月朗星稀。水宗一吃罢了晚饭，在院子里抽了一会烟，走了几圈，就回屋内休息了。家住大明湖东边，以打鱼挖藕为生的渔户张昭，也跟水宗一学拳。每个月十五晚上，将自家小船泊在司家码头备好，给水宗一子夜登岛之用。司家码头在大明湖东南岸，东与秋柳园相连，北临大明湖，南接东西钟楼寺街。乾隆皇帝下江南，就是在司家码头上船游玩大明湖。岸上一片杂树林，林中散落着大石，湖中的荷花、芦苇和岸边的树林相映成片。

将近子夜时分，水宗一从家里提起一根长约四米的白蜡杆，直奔司家码头而来。大杆子是水宗一练全身螺旋缠丝劲所用，晚上带着既能撑小船，又可以练功。大杆子是先祖传下来的，约茶杯口粗细，也不知道抖了多少年，大杆子被手摩出一层厚厚的包浆，月光下泛着暗红色润光，通体就像是用玉做成的，煞是好看。此刻，月悬中天，四周寂静，万户皆眠。古老的街道上，只有路面上磨光的青石泛着亮光。大名湖在群山的环抱中波澜不兴，睡着了一般。大名湖自古就有蛙不鸣叫之说，所以，入夜显得更加寂静。月光下的寂静，仿佛藏着一种可怕的能量，只要不小心触动了就会从暗处猛地冲出来，吞噬一切。普通人在这样的环境中都会滋生出恐惧心理来。水宗一早已习惯这样的环境了，反而会生出点练功前的兴奋和喜悦。

　　上了船，划船。司家码头离湖心小岛不远，成片如伞的荷叶将岸与小岛连成一片，船经过时，有阵阵荷花的清香随微风飘过来，沁人心脾，让人陶醉。月弄花影，船荡微波，真是"月转花间影，风书水上文"。湖上清风，太虚明月，水中莲荷，梦境一般。常人此刻皆眠，斯人独享美景，水宗一心中涌起一股自得陶然之情。靠岸，登岛，系好了缆绳，就来到历下亭前的大柳树下。历下亭位于湖心岛的中央，八柱矗立，八角重檐，檐角飞翘，攒尖宝顶，二层檐下悬挂清乾隆皇帝所书匾额"历下亭"。唐天宝四年，杜甫曾在这里写下著名的《陪李北海宴历下亭》："东藩驻皂盖，北渚凌清荷。海右此亭古，济南名士多。云山已发兴，玉佩仍当歌。修竹不受暑，交流空涌波。蕴真惬所遇，落日将如何。贵贱俱物役，从公难重过。"亭南边有一棵大柳树，约两三抱粗，不知道生长多少年了，树中间都空了，树干靠在一块大石头上，却也长得枝繁叶茂。水宗一喜欢柳树，因为小时候启蒙先生就带他看柳眼开，长大后练拳追求的境界也是风摆柳条一样自然柔顺。

面北而立，水宗一开始练拳。第一遍拳松松顺顺地先放松筋骨，第二遍才合着规矩练开了，三遍拳结束，就开始抖大杆子。抖大杆的功法是从长枪中精炼而来。大杆子，装上锋利的枪头就是长枪。但抖大杆又不同于枪，所谓"枪在胸前，杆在胯上"。枪在胸前是准备发力戳刺，为了用。杆在胯上是练裆胯螺旋，为了练劲。抖大杆没有具体的套路，只有功法。抖时有三字要领：一"松"、二"合"、三"缠"。"松"，松开筋骨，分散大杆的重量。只有松才能感知"活的"大杆子摇动反弹的劲力，不然，就会和大杆子顶着。"合"，能听大杆子的弹性颤意，就有合意了。自身腰、裆、腿、肩、臂、手相合，人和大杆子相合，劲力一合，整劲必出。"缠"，太极拳的整劲是通过缠丝的方式发出来的，抖出腰裆的缠丝劲才是抖大杆的目的。因此，最重要的是缠，抖不出缠丝劲就不是太极大杆。

起势取败势，大杆长，败势身体后撤正好起杆，再分前后两势。前势"搜金"，后势"抖银"。即双手分阴阳握住大杆子，先将大杆子松垂于身前，前低后高。然后抽身螺旋后塌，双把随之将大杆子后抽，双把平于锁骨前，心念中周身骨节同时旋转拧起，此为"搜金"。抽杆子时，前把松开，后把轻握，顺势双把旋转下拧，划弧线裹于胯上丹田前，再后把带前把，顺势将大杆子旋转抖动。此为"抖银"。搜金，如前方有金，必尽全力搜寻。抖银，由脊柱带动的全身，实则是在练裆胯的侧转缠丝之劲力。抖法云："前搜金，后抖银。左右抖横意，上下抖竖情。抖出太极浑圆劲，大杆抖久出神明。"

水宗一通过多年的实践，对文人说的"功夫在诗外"非常认同。

练武人一味在武中求，不能跳出武术圈子，站在更高的圈外，境界、视线终归受限。当年学抖大杆子，他还有点抵触情绪，认为这杆子，不枪不棍的，有啥抖头？现在深深懂得"一年杆子三年圈子"这句话的含义，抖一年杆子所练成功力顶上三年"画圈"的基本功。因此，水宗一得出两条结论：一是祖辈传下来的东西，只有丝毫不差地继承，深入后方知妙处；二是功夫练到了一定层次后，要站到武术圈外来悟武术之内的哲理功法。

水宗一对枪和杆的重新认识，不是在练功中，而是在看包世臣的《艺舟双楫》。该书中有《记两棒师语》，虽然作者是用枪法中的身手来喻书法中的指法、气息等，但却清晰地描述出使枪的要领。其文曰："佩言，歙人，以枪法著声，称潘五先生。其言曰：枪长九尺而杆圆四五寸，然枪入手则全身悉委于杆，故必以小腹贴杆使主运；后手必尽镈，以虎口实撼之。前手必直，令尽势，以其掌根与后手虎口反正拧绞，而虚指使主导；两足亦左虚右实，进退自任以趋势。使枪尖、前手尖、前足尖、肩尖、鼻尖五尖相对，而五尺之身自托荫于数寸之杆，遮闭周匝，敌仗无从入犯矣。其用有戳有打，其法曰二曰叉。二以取人，叉以拒人。此叉则彼二，此二则彼叉。叉二循环，两枪尖交加绕指，分寸间出入百合，不得令相附。杆一附则有仆者，故曰千金难买一声响。""故必以小腹贴杆使主运；后手必尽镈，以虎口实撼之""千金难买一声响"，多好的描述呀！枪杆之要皆出，杆一附则应声而扑，这一声响中是几十年的功夫，千金如何能买得了呢？后来他将这句话改成了自己的座右铭：千金难买不生气。

一路拳放松身心，抖半个小时的大杆子，气不长喘却全身大汗，通泰。抖大杆时，双手分阴阳反正反复缠拧，摩擦双手掌心劳宫穴，又通过裆胯脊柱缠丝旋转的抖动，可以消淤祛火，平心静气。千金难买不生气，不是说自己不生气就真能不生气，而是有办法不生气。平时遇到一些无法化解的烦心事，水宗一只要抖半个小时的大杆子，就能心平气和，翻新篇子了。

今夜精气神俱足，水宗一一气抖了近一个小时，那大杆在水宗一手中如游龙般摇头摆尾，前后、上下、左右六个方向的劲力，使得杆子在小腹上与身体，合则如一体，发则浑圆一圈。杆头因劲力的缠动，划破空气，呼呼作响。那响声不像棍子平抽下劈的单音，而是一抖必螺旋的交响。声音不大，轻灵中透着雄浑，沉闷里裹着利丝，无始无终，周而复始。

意犹未尽的时候，水宗一收势结束。太极拳养着练，练拳、抖杆都是练到七分如是，不能拼尽全力，或超负荷傻练，那样虽能出功夫，但练过了会伤及自家身心，长久如此，就会折损阳寿。刚练完功不能立刻坐下，身上发出的大汗也不能脱了衣服凉快，要捂着汗养。水宗一边散步调息，边摸出烟斗点着了烟。

月光如昼，刚行功结束，水宗一精神正足，向着历下亭东面蹓着步。一抬头，忽见对面的天心水月亭边似有人影晃动，太极拳特殊的眼法练习使得水宗一的眼力特别好，否则，也不会在雨中观察到蚊子化雨滴的现象。水宗一忙拢住眼神定睛观看，是个人影，因隔得远，只能隐约看见身材不高，身形纤细。那人影在亭边晃动了一会儿，往后退了退，轻轻一跃，竟然跃上了立于水面的荷叶上，单腿一点荷叶，另一条腿迅疾点向下一个荷叶，一刻也不停，荷叶整体向下一沉，人影借力向前跃去。从天心水月亭到湖心岛距离不远，水面让荷叶和芦苇长满连成一片，人影似风如棉，眨眼已经快到湖心岛了。水宗一能听见，荷叶下面的茎秆向下沉折的清脆声和击水的呼呼声。如不是亲眼所见，水宗一也不敢相信有人可以踩着荷叶过湖。这轻功委实了得，济南能有此功夫者，大概只有玉姑。

玉姑是个老姑娘，天足。她师父是清帝退位前的大内高手，御前带刀侍卫，专门护卫皇上。玉姑从小练功没有像别的女孩那样裹足，等功夫练成了也长大了，玉姑出落得才貌双全。一同练功的有个师兄，成天在一起厮磨，两个人心心相印，相互有了对方。不想师兄家大，讲究门当户对，最终师兄成了亲，但新娘子却不是玉姑。玉姑一气之下，意冷心灰，只身隐居济南。平时一个人独来独往，除了教徒弟几乎不与外人接触。水宗一在不同场合见过玉姑几面，也惊叹于玉姑的风采，虽年近五十，腰身却似加笄的少女，举手投足间，既有江湖儿女的大方，又有大家闺秀的柔美。特别是那双会说话的眸子，让水宗一有种似曾相识的感觉。未作深交，却彼此熟悉亲切。有一次，水宗一的两个徒弟早上在城里见到玉姑，就追随玉姑身后，玉姑行动特快，二人追出城门，玉姑已经顺着城墙出去了很远，等二人到了近前，却发现玉姑已经站在护城河的对岸了，这段河也没有桥，不知道玉姑是咋过河的。徒弟们回来说时，水宗一也不能解，只是关照徒弟们遇到玉姑要足够的尊重。

这时，人影只有几步之遥，也能看清了，正是玉姑。再看玉姑，每次脚尖点踩荷叶，都是点在荷叶中心，正对着下面的茎秆，就是说，脚点踩的实点是从泥里长出来的茎秆。"嗖"的一声，玉姑已经站在岛上。此刻，玉姑也看见了水宗一。"原来是你呀！"两个人几乎同时喊道。

水宗一意外中有点激动地说："久违了，玉姑轻功了得，今夜一见，果然名不虚传。"

玉姑有点矜持道了谢，幽幽地问："水师父，也练子午功吗？"

水宗一道："午功不断，子功一个月就练三夜。"

玉姑道："我亦喜欢太极拳，只可惜无缘，今夜巧遇，可否细说。"

水宗一道："不胜荣幸。太极拳讲究分阴阳，明虚实转换，头部要虚领顶劲，身体中正，含胸拔背。双膝微微提坠，腰裆螺旋。中指微微领劲，引领全身缠丝合一。手臂掤捋讲究下塌外碾，收中有放，放中有收，但绝对不是下落上浮。处处暗含三对六向的矛盾力，外看无奇；时时阴阳动静相合缠丝为一，内动有规。绝妙之处在于……"

水宗一讲了约一袋烟的功夫，边讲边做，毫无保留。玉姑听得句句入耳，边听边记边模仿。当玉姑靠近身边时，有淡淡香味传来。水宗一心中不禁暗赞，似玉生香，真不愧叫玉姑。

"外面都说你轻功了得，精于点穴，望玉姑不吝赐教。"水宗一在讲完了太极拳的基本要领后说道。

玉姑道："轻功我会一些。点穴，因离开师父早，并未深入。我们这派的轻功属于少林轻身术，此功很难练，需有童子功才成。初时，置大缸盛满水，在缸沿上行走，曰跑缸。腿上、腰上、背上都绑上沙袋，每隔五天，从缸里舀出三瓢水，身上的沙袋加上半把沙，只到缸内水尽为止。中级时，置盛满铁砂的大簸箩，在簸箩沿行走，所谓跑箩。也是每隔一段时间，去簸箩中的铁砂，加身上的沙，直到簸箩里铁砂去尽，沿空簸箩沿行走如常。高级时，铺细沙成甬道，厚约一尺。上覆一摞薄桑皮纸，从踏上去有脚印到踏上去无脚印，再每隔七天抽去一张桑皮纸，直到纸尽沙现，行走上去，沙不上腿，足不着印。凡二十年苦练此功方成。世人说的草上飞，水面行，更多为文人杜撰。轻身术再厉害，也要借助有一定硬度或浮力的物体，当初达摩祖师被长江所隔，在江岸边折了一束芦苇，立在苇上过江。祖师且要借助一苇之浮力，后人如何能踏水而行呢？我刚才过来时，每次点踩也是要踩在荷茎上，大明湖的荷，叶大茎粗，荷茎从泥中长出特别挺直，借助荷茎的下沉反弹之力才行，要是踩歪了踩空了也会摔入水中。天心水月亭到岛上约 70 米至 80 米，如再远我就踩不过来了，提起的一口气，中间换了三次。但就是这点功夫也就够用了，目前济南的高楼、城墙是拦不住我的。不过，也不是常人想象或武侠小说中形容的那样神奇。"

这番话让水宗一有知己之感。一是毫无保留地说出来自家练功之法，二是对自己功夫有个实事求是的态度，既不神化，也不矮化，不卑不亢，恰到好处。水宗一心有戚戚。平时教徒弟，水宗一也是这种态度。曾经有一个徒弟在外面胡吹，祖师爷能单手把一个八仙桌粘吸起来，这就近似神通神话了。水宗一听说后，将所有的徒弟都召集来，对众人说："我父亲没有用手把八仙桌粘吸起来的功夫。学我太极拳，实事求是。戒神戒虚，太极拳能把人发出去，所有的动作，都是有出处，有根据，不能脱离人体，不能神道。神通神道，一时有利于传播，长时间就会有害。"

"玉姑一席话，有增十年功之效。有练法，有道理，不受神通虚无的影响，是个求真的武术家。"水宗一由衷地赞道。

玉姑听水宗一这么一说，心中十分受用，脸顿时涨得通红，好在月光下也看不清楚。见过水宗一几次，也觉得对方不同于一般的武夫，身手眉宇间多的是儒家的温润，是个谦谦君子。

玉姑悠悠道："师兄，过誉了。我一个与世无争的弱女子，只有这身功夫朝夕相伴，这是我的天。解闷、养生、消磨时光，一刻也离不开。自然比常人熟悉，所说之言，也是大实话，哪有师兄说的那么高。师兄既然见了我的身手，何不露一手功夫，也让妹妹见识一二。"

玉姑实在，水宗一也没有推辞。见旁边一棵茶杯口粗的树，就将大杆拿了起来，杆贴小腹，向前抖扎出去。这一抖扎，人杆一体，大杆子扎出去向前的冲力，似乎将人都带了出去。大杆子的前端，因腰裆施加给大杆的螺旋劲力，再加上大杆子自身的长度和弹性，出现了一个洗脸盆大小的杆头圈，真是气势如虹，冲劲似虎。太极杆是从古代马上长枪法精化而来，对方兵器刺来，不但有人枪之力更有战马前奔之冲劲，所谓"人借马力，马助人威"。不可能像地面攻防那样，横枪去挡，或者去架拨，一架拨再反击就迟了，再者也不一定架拨得开，对方速度快且冲力大。能赢的打法是，你刺你的，我扎我的。迎着对方刺来的扎过去，这一扎才是攻防一体，兵器相接触交错时，自己的枪杆子上不但有前冲之力，还多了一个发于腰胯的螺旋劲，一碰上，就能把对方的兵器给旋转弹开一点，就这一点，既能改变对方兵器的方向，又能扎上对方。水宗一这一抖扎，正是枪法之要。

"唰唰唰"，水宗一连续抖了几下，猛地将抖出去的大杆贴在小树干上，一个回拉，再呼地向前一扎杆，等于转了一圈，大杆子也自转了一小圈，嘴里"哈"的一声，缠丝劲瞬间以"金龙抖鳞"之势崩炸出去，小树咔嚓，应声而断。夜半之时，"哈"声和树断之声

104

显得特别响。千金难买一声响！

"好俊的功夫！"玉姑走到断树前仔细地看了看，由衷地赞道。大杆子断树不容易，杆子有弹性，活树更有弹性。仅靠粘贴树身的大杆前推或后拉，难以断树。前推时，树的弹性会化解推力，掌握不好会被树弹回，只有在推到树的弹力化解不了时，再加几成力才能损伤树干。同理，借树反弹回来的力回拉，也是拉到树干弹性范畴之外，仅是如此也难断树，还要加左右螺旋之力。更难的是，大杆头上要有上下的挫挑之力。玉姑上前看树根，树根因前后、左右、上下的螺旋劲，被从地面微微拔出来一点，四周的泥土都裂开了。

水宗一笑道："说白了也没啥，仅是螺旋整劲加巧力而已。不如这样吧，我安排几个徒弟跟你学轻身术，我也可以教你徒弟练太极拳嘛，可好？"

玉姑连忙点头称是。时候不早了，两人上了小船，回到司家码头，水宗一要送玉姑回家，玉姑也没有客套，两个人边走边说，直到玉姑的家门口，水宗一才告辞回家。

第二天一早，水宗一就派郭鹤、周倩、邢玉，一男两女去跟玉姑学习轻身术。几天后的一个晚上，郭鹤到场子来练拳时，告诉水宗一，玉姑开始教他们，让他们腿绑沙袋开始跑山了。

玖　孔林薪传儒家艺

一日，水宗一闲来无事，临帖练字。水宗一临的是刘子岳送的徐渭的《草书千字文卷》。刘子岳说，此卷是皇宫里流出来的，从上面钤着内府鉴藏诸玺可以看出来。这是刘子岳的宝贝，水宗一更是珍惜异常。有"三不临"原则：轻易不临；有外人不临；心情不好不临。

徐渭，字文长，号青藤道士。曾参加过抗倭，性格狂放不羁，诗文书画奇纵恣肆。书法有米芾之风，苍松虬枝刚劲中含着春柳柔媚之姿。

临着临着，临到"露结为霜"一句中的"为"字，只见"为"字的一撇，上面的一点与撇相连，外形像一个护手钩的钩头，那一撇笔锋刚劲，真如一柄下刺的吴钩，两侧之刃，寒霜闪闪，向下的锋尖，蓄含着劲力千钧，虽侧悬在那儿，但让人觉得仿佛能刺破下面的纸张和一切。"为"字的一撇，就把下面"霜"字的寒意带出来了。

临到"鳞潜羽翔"，"羽"字用墨，左重实下沉，右轻淡上扬，真如鸟羽。又似太极拳中避免"双重"的虚实之姿。"翔"字用墨比上面"羽"字右边的"习"还要轻细，笔锋轻吻纸面，锋意缠绵。羽和翔都有一个"习"，等于四个"习"字上下连在一起，写得不好就重复雷同了。但徐渭将二字写得出神入化，"羽"有羽态，"翔"有

106

翔意。不但无重复，而且写出了递进升华之境。既不是字体美而盖着文意，也不是文意多，字体表现不足。而是恰恰好，字意、字体、笔势、锋情高度融合，多一丝则冗余，少一毫则欠缺。

忽然想起傅青主的草书千字文，拿过来一看，果然，有武功的人写字，笔锋中带着内劲。羽翔二字一笔连就，一圈一绕地缠丝而出，似鸟飞翔于空，若烟袅袅不断。确有太极行拳时手脚间似有线牵连的缱绻之意，又如腰裆侧转带动手臂自转的缠丝劲力。在轻重、粗细、虚实、连绵间将自家的功夫表达得淋漓尽致。

临到"凌摩绛霄"的"摩"字时，但见摩字显出摩挲之意。特别是"摩"字下半部分的"手"字，从上面"林"字的最后一捺，游丝状接应过来笔势，先向右撇，接着弧形竖弯趯，钩上来成一个圆圈，接着才是二横，最后一横斜向右下回锋收笔。有弧有圆，弧线轻柔，结笔有力。正是太极拳基本功"正手圈"的味道。水宗一的手，因练太极拳，细柔绵软，握之若棉，拉之如柳，被徒弟们誉为"美人手"。化发别人时，手臂也是松松柔柔地转动，只是在最后一瞬，才紧硬如钢条，受者犹如挨着电击一般。临至此处，水宗一忽生灵感，随即哼哼吟吟的，很快一首诗出现在纸上：

《笔刀》
半生师笔艺不高，
却将狼毫当斩刀。
书法功夫同一理，
美人手舞太极腰。

写好后，左看看，右瞅瞅，感觉诗意笔力皆满意，就开始用印。先是迎首章，印上四个阳文的梅花篆字——上善若水，接着是落款章，阴文的隶体——水宗一印。最后是一枚闲章，阳文有着金石甲骨之风的七个字——守雌守中守太极。嗯，这不就是彩虹和尚说的书法和武术之理吗？对了，何不去曲阜看碑呢，或许能从千年前的书法中解读出全新的武学之密来，即使不能，最少也能读临碑文，权当散散心吧。

　　落款用印后的书法作品，立刻精神了许多。水宗一有自我评价作品的习惯。好坏优劣，做到心中有数，妙处保留，败笔下次避免。整个作品布局、结构、用墨都不错，只是前面一句，刚开始写有点拘束。最满意的还是最后一句"美人手舞太极腰"，词义优美，笔法流畅，太极味十足。

　　美人手！徒弟们私下里都这么说。水宗一长着一双女人的手，一双手绵软柔长，手型无棱无角，圆润饱满，就和画上画的观音菩萨拈柳枝的手差不多。双手的掌心纹通关，都是断掌。所谓通关断掌，就是由手掌部的远侧横褶纹和近侧横褶纹连成的一条横贯掌心。他出世时爷爷曾说，此子是个太极拳的种，天生练武的料儿。当地有说法，断掌不能打人，打人特疼，打不好能要人命。双通关能长寿，得大成就。

　　太极拳的手型有三种：掌、拳、钩。

　　掌，指部自然伸开，大拇指根节靠拢掌部，虎口轻轻合住，不能拆开。大拇指根部与小拇指根部相对微合，食指、中指、无名指，顺着拇指根靠掌部的方向依次微旋错开，掌心微含，形成一个莫比乌斯环转关状的曲面，名曰：瓦楞掌。瓦楞掌的独特手型，让指力易聚拢，每根手指与小臂延长线的夹角有次序地略微错开，形成一个容易螺旋缠丝的曲面，易旋转、易粘连、易裹合，顺逆皆可，分合自如。手指各节都自然松开。做动作时，只能中指领着一丝劲力，其余皆不可用力，更不可坐腕立掌，腕背要自然伸直，这就是"美人手"。

拳，从小指依次至食指旋转着贴拳心而握，大拇指斜扣在食指、中指的中节，握实成螺旋形。

钩，食指无名指合于中指下旁，大拇指再合于这三个手指的下边，小指合靠于大拇指和无名指的中间，成鸡嘴状，腕要平直不能下弯。

柔软且线条优美的手，劲力却大得惊人。顺缠逆绕，无人能跑掉。引化螺旋，人挨上即飞。徒弟们这样的说法，水宗一也欣然接受。当然，这里面还有一层含义，"美人"二字把太极拳的松柔圆活都形象地涵盖了。太极拳的松柔，既非抟气致柔，一点力也不用，也非刚柔时时平衡，而是只有中指领着一丝丝劲儿，百骸全然放松地练，在需要发力的瞬间才一紧，所谓九松一紧。不能九松，就不能节节分离；不能一紧，就不能节节贯穿，积柔成刚。很多人误解，认为松柔，就是大松大柔，一丝一毫用力就是松不净，人站在地上，一点力不用如何动作呢？松是心念不拘束，不紧，不无因而动即可。松只是练功的方法，仅靠放松练不出来功夫。

武林有俗语：形意拳、八卦腿、太极腰。太极奥秘在腰裆，腰裆螺旋缠丝。所谓缠，本义绕也。缠用自然的小劲力就够了。缠丝劲的劲力主于腰裆，腿也缠，向下松沉着起支撑传导的作用，劲起于脚；手也缠，自转加公转，把腰裆的缠丝劲传递表达出来。

山谷道人说过，"凡字要拙多于巧"，水宗一十分认同。这种认同不仅是思想上的，更是身体上的。拙非笨拙，而是浑然天成，自然无饰，拙不是没有巧，而是将巧化于拙内。这个心得体会不是写字所得，而是练拳的体悟。太极拳就是以巧练、以拙成。自然而然的一招一式，朴实无华的庄稼把式。但仔细琢磨，直觉本能中全是巧，全是算计，功夫是大巧若拙。

水宗一写的字很多人不以为然。有一次，刘辉把他的一幅字拿回家，被邻居看到。邻居也是个识文断字的人，竟恶言讥讽，声称自己用左手写出的字也比这个强。说这字不能挂，挂出去丢人。并要把字拿回去好比对着写一幅送给刘辉。因和邻居关系好，刘辉只好随了他。第二天一早，邻居敲门，进来就道歉。说自己眼拙，竟识不得好劣。把字拿回去比对着写时，才觉得别说左手，自己用右手也写不出来，看似一般拙笨的字，却是劲力十足，气韵雅和。于是，拿着字去找了自己的老师，老师细看了一番说，这字的功力，你再练二十年也未必写出来。刘辉说给水宗一听，他也是一笑了之。

书法有两种，一种是书法家的书法，专业写字，靠书法吃饭。另一种是文人书法。与文人书法对应，他写的字算是武人书法吧。文人书法是高是低，众说纷纭。不管咋说，有一点他是坚信不疑的。历史上文人多数有官职，不靠书法吃饭，写书法就是遣兴玩票，好这一口，兴趣使然，少了名利的追求。且文人对字句之意有着深刻的理解，其书必雅。因此，文人书法和文人画一样，一般人学不来。一般人学的只是技术，仅有技术不一定能写出高深意境来。这和他传承的太极拳异曲同工，太极拳传承的是心法和体系。学一招半式的技巧不管用，完全照葫芦画瓢死学也不管用。要学的不仅是技术，而是技进于道，更是运用技术的那颗心，心合于道。他小时候多病，练功夫的时间比哥哥们少，但太极功夫却是最好。这得益于自己比哥哥们多了文，多了对太极之理的探究，多了心灵的感悟、体悟和开悟。在他对道把握和体悟时，哥哥们却痴迷于手法擒拿之术。他也研究擒拿手法，但更感兴趣的是，有效手法背后的原理。懂了原理后，可以创造新的擒拿之法。因此，他除了拳不离手，还多了"二手"——手不释卷、手不离笔。字里行间所呈现出武术之外的世间百态、道理心得，在不断滋养着他的太极拳。笔锋绞转所带来的飞白游丝，映带左右，在无意间升华了太极功夫。当刘辉说别人对他书法的评价是"劲力十足，气韵雅和"，他既高兴又警觉。高兴的是气韵雅和，书法艺、太极拳都是以有气韵为妙品，况且还是"气韵雅和"，"雅"字倒也罢了，"和"字最为珍贵。儒家有"致中和"的境界，太极拳阴阳分合间追求的就是一个"和"字。警觉的是"劲力十足"。写字时忌火气，能看到劲力十足，就是火气的表现。字写得劲力四溢侧漏，说明内敛的功夫不够，今后要注意。

第二天，水宗一一个人去了曲阜。

明人张岱所著《夜航船》中说：自泰山发脉，石骨走二百里，至曲阜结穴，洙泗二水会于其前，孔林数百亩，筑城围之。城以外皆孔孙，围绕列葬，三千年来，未尝易处。南门正对峄山，石羊石虎皆低小，埋土中。伯鱼墓，孔子所葬，南面居中，前有享堂，堂右横去数十武，为宣圣墓。墓坐一小阜，右有小屋三楹，上书"子贡庐墓处"。墓前近案，对一小山，其前即葬子思父子孙三墓，所隔不远，马鬣之封不用石砌，土堆而已。林中树以千数，唯一楷木老本，有石碑刻"子贡手植楷"。

"此时的孔林孔庙和张岱所看到的变化不大。"水宗一心里道。

三孔里有从西汉以来五千多块历代碑刻,实乃华夏书法艺术之瑰宝。清朝傅青主书法独树一帜,当初他在游孔林中见一碑《五凤二年刻石》,激动地作诗一首:"桧北雄一碣,独罹地震捣,有字驳难识,抚心领师灵。尔爱五凤字,戈法奇一成,当其模拟时,仿佛游西京。"傅山爱此碑,一是他当时喜欢汉碑和篆隶,二是此碑剥蚀残损,漫漶残缺,金石味十足。好的艺术都是一半人为一半天成。艺术也好,武术也罢,如果不能借助自然之力,就不会高明。传统的帖学审美观点被打破了,傅山提出了自己的书法原则:四宁四毋。"宁丑毋媚、宁拙毋巧、宁支离毋轻滑、宁直率毋安排"。

水宗一来到孔庙,在大成殿拜完孔子后,就开始看碑。水宗一在一块碑前站住,细看却是《礼器碑》,又称《修孔子庙碑》。为赞扬韩敕修饰孔庙和制作之事。汉永寿二年刻,隶书。四面皆刻有文字。碑阳十六行,满行三十六个字,碑阴三列,列十七行。刘熙载云:"秦碑力劲,汉碑气厚,一代之书,无有不肖于一代之人与文者。"确实是真见呀。水宗一一边自言自语,一边看碑。《礼器碑》尤其是碑之后半部及碑阴最为精彩,不愧是汉碑中经典之作。端严而峻逸,方整跌宕兼而有之。真是瘦劲如钢、游变如龙,充满奇气、独具特色。看那"氐"字,写得好像真人站立。"陽"字,左右分离,又互相吸引。"易"下半部分的两撇,几近横势,像是受到某种吸引力。再看"中"字,如同怀抱一柱,中意中劲尽在这一竖之中。水宗一看得入迷,边看边右手在左手心里临摹比画。日头有点毒,不知不觉中出汗了,平时练拳时出汗,绝对不能贪凉敞脱衣服,家传拳谱云:"避风如避箭。"一则是出汗后全身毛孔张开,此时若敞脱衣服,风邪易入。二则是功后的体液要捂罩住，不能泄露了元气。

年轻的时候，水宗一十遍拳练下来，全身衣服都被汗湿塌了，且汗中有一股浓浓的奶香味。问祖父，祖父高兴地说："那是功夫上身后发生变化的征兆。"

此时，水宗一全神贯注于汉碑，随手解开上衣。等到觉得身体发凉时，已经在碑前站了两个多小时。水宗一赶忙扣上衣服，再去看别的碑。直到日头偏斜，倦鸟归林了才出来。因为专注看碑，中午饭也没有吃，也没有觉得饿。往外走时，才有了饥饿感。待回到客栈吃饭时，觉得有点头重脚轻，想是在看碑时，出汗敞衣受了风寒所侵，感冒了。回到房间，蒙头就睡。

家传之拳有些架子在特定的时候练习，可以治病。但练时不能让外人看见。凌晨四点，水宗一独自来到万仞宫墙边，开始练单势，本来体质就好，加上休息好，几个式子一走，全身发汗，通泰舒服，感冒好了。此时天色，乾隆御笔的"万仞宫墙"红色大字隐约可见了。蓦然，水宗一看到一个灰衣人，站在城墙根处，一动不动，双脚不丁不八，松和泰然。一会儿，灰衣人靠在城墙上蠕动起来，双臂左右伸直，后背紧贴在城墙上，整个人成一个十字形。灰衣人的双脚渐渐地离开了地面，人慢慢地向上蠕动，竟然是用后背向城墙上"爬"。

水宗一惊得倒吸了一口气。挂画？壁虎游墙？

太极拳有墙上挂画的绝技，只有爷爷能做出来。绝技是独一无二，技是艺人赖以谋生的手艺。武术搏击，性命攸关，因此，其绝技就是保命或赖以成名的看家本领。因江湖中有人靠卖艺吃饭，所以，绝技也是良莠不齐，鱼龙混杂。街头表演的武功绝技有真有假，有的近似魔术，有的在道具上做手脚，有的表演时玩杂技。同样是掌裂鹅卵石，有的是用事先断了粘好的裂石头，有的石头是真的，在打击时会让石头与下面的垫石空出一道缝隙，这样很容易击开石头。有的则让石头一段悬空，等等。

而眼前的灰衣人不是表演，而是日常练功。再看灰衣人的体形，举手投足间，松柔自然，虽然隔着衣服却仍然能感受到体内的劲力。动作线条优美、清晰、准确，没有丝毫的犹豫和拖泥带水。灰衣人若是脱了衣服，身上的条状肌，定是从小腿肚盘旋而上经侧肋到后背缠绕到小臂。那是多年的功夫形成自然而然的美，恰到好处的洒脱。

水宗一从小就受家庭的熏陶，见过无数武功高手，他们或来寻师，或来访友，或来切磋，或来挑战。见得多了，练得多了，就会得出一些规律。比如，凡是武功高手，身形线条简单清晰，没有多余的动作，一动之下，自然潇洒。就像明朝的家具，线条极其简约，却能尽显艺术之美，简约的线条是艺近于道的外在表达。读私塾时，老师长于明史研究。先生曾说："不要小看大明朝。大明三百年，有着辽阔的疆土，文有《永乐大典》卷帙浩繁；武有庞大舰队，威慑海外。大明刚，从未嫁一个公主和亲蕃夷；大明倔，倭寇虽凶却有来无回。阳明心学，知行合一；船山易学，大气磅礴。王阳明，于谦，戚继光，袁丛焕，皆是儒者挥剑，文人带兵。这些都与开国皇帝朱元璋的心性思想有关，务实，直接，简约。"

当灰衣人用同样的方式从城墙上"挂"下来时，天色已亮。灰衣人显然已经发现有人在看他，立刻转身顺着城墙根疾驰而去，水宗一随后就追。向北追了大约三四里，水宗一发现自己已经追进了孔林之中。早晨的阳光从柏、桧、柞、榆等树间照下来，整个墓地显得肃静而神秘。在柏、桧等大树间是一大片竹林，自己刚才追得急，也不知道如何就追进来。灰衣人在一棵大柏树后一闪就不见了踪影。

竹林间有一座房子。房子用一根根笔直竖立的竹子做成墙。屋顶上是茅草。本来孔墓树木森森让人肃敬，竹墙茅顶的房子在其中既协调又特别。整整齐齐、根根笔直的竹子，如枪似戟，又如士兵一样，排排站立守卫着孔墓。在一片青翠竹子和高大的柏、桧间，枯黄的竹墙，暗褐的茅草屋顶，显得醒目而自然，就像是一幅魏晋时期的古画，有一种沧桑斑驳和神秘的意境。

魏晋时期有竹林七贤，竹子代表着气节，国画中的岁寒三友，竹含虚心，显傲骨。水宗一也特别喜欢竹子。竹屋的门开着，水宗一满是狐疑地走进竹屋，只见屋内仅一案一几一榻，案上一青花瓶，案后墙上挂着一幅装裱好的白纸画，画上一笔墨迹也没有，纯白，前面摆的青花瓷瓶，从远处看倒像是画中的瓶子。几上一张古琴，色彩黝黑斑斓，是个不知多少年的老物件。

水宗一初看时，觉得简单得近似寒酸，外面虽是孔林墓地肃静素气，也比这里多出几分色彩。仔细地再看，特别是那幅无画无字的"素白画"，十分蹊跷，十分醒目。八大山人的画已经素到了极致，画中往往仅一只单腿的孤鸟，或一尾翻白眼的鱼，皆无枝无水，看的人却能感受到，虬枝挣出，波涛汹涌。而这画说不出的诡谲，特别是在孔墓竹屋中。蓦地，水宗一感到这一帧"素白画"是激战前的寂静，屋内的空气极具紧张感，这种感觉在看到彩虹和尚禅坐时就产生过，看起来很平静，却极具张力，好像随时都能跃起给你千钧一击，但却从未跃起击过。似乎是一种持久耐力的软对抗，外形态度很温柔，意志却很坚决。没有一秒的迟疑和犹豫，一直活生生地长在那里，不急也不慢。

白色是沧桑的颜色，白胡子老爷爷嘴里都是时间酿就的故事。

白色是美丽的色彩，纯洁柔美的象征。古话说："女人要想俏，衣着一身孝。"

白色是死亡符号。商周时期，奴隶死了，就被抛尸荒野，时候久了骨头就散落，经过长年累月之后，自然的力量会将之漂洗成纯白色。所以，民间将丧事称为白事。

白色是乳汁的颜色，白色的感觉就是奶的味道，白色与生命相通。

白是昼的颜色。白与黑相对，太极图上就是黑白鱼儿相拥相伴。

白道是正道，与黑道相对。

雄鸡一唱天下白。白色单纯却包含极广，白色的太阳光含着七彩，赤橙黄绿青蓝紫。

这帧素白似乎很脆弱，好像很容易受到干扰、涂鸦和污染，一点点的灰迹污点，就能让整个白色瞬间坍塌崩溃。但等真要往上涂鸦时，却又慑于这种素白，不敢也不能做任何不净的行为。水宗一的全身像被白色罩住了，看着看着，从心底生出一种素净，起初是一点纤尘不染的意思，继而沁遍全身。纤尘不染似乎是时时拂拭的结果，却更像是自然天成、本来如此的样子。

素白画单纯之极，一片白，看上去啥也没有，却又满满的，啥都有。水宗一很是奇怪，自己平时不大思考的一些哲理，今天看着这素白画变得思绪万千。

完整的一方白，让你产生不出任何邪念。一身尘埃，见白自净。"唔，咋有个黑点。"水宗一心里一惊。画角上真的出现一黑点。水宗一揉揉眼，怕自己看花眼了，真是一个黑点。黑点出现了，刚才的素净一下子都消失了，素白画猛然变得说不出的怪异和讨厌，让人只想上去可劲地乱涂一番。水宗一观画问心，心里瞬间的变化，让念头在两个极端间翻腾。忽地，黑点又消失了。难道，真有蹊跷？再细看时，那黑点却是只大黑苍蝇，飞走了又飞来趴在画上。心中一点灵犀直冲上焦。古人云："峣峣者易折，皎皎者易污。"原来的理解，过于坚硬刚强，则容易折断，寓意性情刚直卓尔不群的人，往往容易横遭物议。过于干净洁白，则容易受到污染，品行高洁如白玉，最容易受到污损。而现在自己的理解更深了一个层次。这让水宗一想起来两个人来。明朝的王阳明和袁崇焕。两个人都是忠心耿耿在平叛乱，抗外辱。王阳明甚至在没有旨意的情况下就自行其是，结果却是天壤之别。王阳明，立功，立德，立言。生前死后，皆受人敬仰，被尊为圣人。袁崇焕呢，打败了清军却被诬陷通敌，活活地被自己人凌迟生吃了。王阳明也遇到诬陷和谗言，虽遭贬到龙场却悟得大道。刚才素白画上的苍蝇，让自己有所体悟，峣峣皎皎不是过了，而是没有做到完整。王阳明做到了没有啥黑点可加，就是加了，也加不上。袁崇焕虽然做得不错，但可能自身不完整，就生了一个黑点，正是有这么一点黑，外界强加的污点，正巧加在这个小黑点的边上，就洗不掉了，俗话说"屁股上沾黄泥，不是屎也是屎"。虽然后来被其对手给昭雪了，但两个人的境遇以及对后世的影响却大不一样。太极拳亦是如此，画圈，螺旋一转三百六十度，不是怕圆过了，而是怕圆不足，必须完整。有一点缝隙，差一度，都会为对手所乘。圆，只有不整不圆，没有圆过了的时候。水宗一为自己的心得感到几分自诩，同时觉得这个竹屋的主人非同一般。

竹屋有点像汉字的结构，汉字、汉语的结构和竹屋的结构高度相似，排列严密，坚韧锐利，直接地表达出来意义，不需要任何装饰。汉语是最具结构性的语言。竹屋，里外一样，让人感觉处于一片竹海中，既是结构又为表里的物件不多，屋前池塘里的水就是，外就是内，内外一样。结构就是性质，性质就是结构。素素的，结构、性质、外形、内容都一样。

正在这时，灰衣人蓦然出现在面前。就像刚才消失时一样，灰衣人出现忽然而自然。水宗一虽感觉到他消失和出现得都特别快，却并没有吃惊。灰衣人一脸和气，长相平常普通，就像一个多年的邻居，熟悉到可以不叫名字。

"竹子也能做房子？"因为第一次看到，水宗一随口就问出来了，并没有问对方姓名。

灰衣人带着淡淡的笑意，笑意的背后却像是站着一排柔韧坚挺的竹子。

"你的功夫不孬，能跟上我的人罕见。"灰衣人赞叹道。

"竹子轻而有弹性，有外力时，竹子就会变形来化解，外力消失后，又还原了。古人云：'宁可食无肉，不可居无竹'，取的是竹之雅意气节。我是取竹性而用之。"灰衣人回应道。

"春竹易腐，入秋后的竹子，砍伐回来，用热水煮，经久耐用。"灰衣人似乎是个懂竹的篾匠。

"竹之柔弹之性可以入拳理。"灰衣人说话不快不慢。

水宗一刚想问为啥竹性可以入拳理？

灰衣人却问道："你外感风寒了。"

水宗一道："是。"

118

灰衣人道："春捂秋冻，人要适应当下节气的变化和特性。节气转换时最要小心，顺应节气，方能养生。练武，就是练习时间和空间的变化轨迹。应敌时，时机早了迟了都不行。节气就是一连串时空特性变化的节点。圣人追求的天人合一，首先是天文宇宙和人文宇宙的合一，节气在提醒我们该做啥不该做啥。在天就是节气，在人就是气节。春日虽暖，地温未升，乍暖还寒，要捂着点。"

水宗一听灰衣人的话语，似乎和刘子岳的风格相似，却又有所不同。刚才目睹其惊世武功，内心判断这位一定是个隐居的奇人。遂恭敬地问道："敢问高人所练是啥功夫？"

灰衣人道："儒家的素功。"

"素功？"水宗一心头一震，这个名字有一种陌生的熟悉味道。

水宗一又问道："敢问阁下大名？"

水宗一的问话顺序有点颠倒，因为他迫切想知道对方用后背游墙的功夫。灰衣人淡淡一笑道："我见你跟我后面一路驰来，功夫俊得很，也非一般人，说与你也无妨。"灰衣人话语平静，接着说："鲁国季平子大殓，我的先祖是家奴被选作陪葬，先祖逃了出来，幸得孔子相救，没有被活葬。后又得孔子教诲，先祖感恩，在孔子逝后，为孔子守墓，并立下遗愿，世代为孔家守墓。我的祖先们世代只用一个名字漆守。我们漆氏为孔家守墓守了八十一代了，今年是孔历2489 年，现在有几个知道孔历？我刚才讲节气，更早先民用的是火历，大火星见于东方，是农事开始之际，大火西没，则是秋分收获之时。现在知道的人也很少。"

水宗一听得目瞪口呆。他倒是知道孔子救陪葬小奴的故事，却惊于小奴的后代竟一直守着孔子的墓，用孔子的诞辰纪年，更惊讶于儒家竟然有如此骇人的素功。正在发怔，就听灰衣人道：

"我住竹屋，屋前栽竹，是为了学习竹性。实际上，内部不稳定的东西，无法依靠外表的坚固来消除，因此，素功从不练手硬脚坚。像铁砂掌、鹰爪功、铁腿等，不是说这些功夫不好，而是练这些坚硬的功夫，反而会阻碍练素功。人体靠双腿支撑，不像兽类四脚落地，本身就不稳定，走不好都容易摔跤。更何况搏击有外力的干扰和冲击，不倒是第一位的，倒了，啥功夫也不行了。越是不稳定的东西，就越需要柔韧性，外表的硬化和固定化只会给身体套上不自然的枷锁。"

水宗一猛然想起在杭州的国术大赛的事来。上海铁砂掌高手刘高升，一对铁掌，无坚不摧，称雄上海滩。去杭州前准备了五个空箱子，说冠军非他莫属，空箱子是为了装奖金。擂台上的对手是曹晏海。曹身法出众，腿法好。满台游击，故刘虽有骇人之掌力却难得其用，打不着曹。于是冲曹大喊："不许你跑，再跑算你输。"曹故作犹豫状，诱刘赶来，趁刘抢进中，忙闪走外侧，用低脚将刘勾倒。刘即速爬起来，对主持评判的李景林说："是自己滑倒的。"李说："就算你自己绊倒自己，也算输。"这时。曹晏海大度地对刘说："刘老师，这次不算，咱们接着比吧！"于是再战。刘因被勾倒，就怕了曹的腿，完全陷于被动，一直被曹逼到擂台边。但曹因惧刘的铁砂掌，一时也未敢轻进，仍是以低腿闪击。攻击稍停，诱使刘急于转守为攻，并趁刘出手露出空档之际，侧身抹踢将刘击下擂台。此事当时极为轰动。刘高升只仗着一对铁砂掌称霸上海，但遇到真懂的，这铁砂掌虽硬，却是死功夫，静态时，展示的掌力吓人，真打起来，却是个废物，痴练的傻功夫罢了。

灰衣人又道："既然见我练功了，也是造化，就请你留一手功夫做个见证吧。"

　　水宗一此刻已知对方是个文武兼备的奇人，对方既然让自己展示功夫，可能会指点一二，见一旁有根一丈余长的青竹竿，就抄起来，因为竿长，先一个败势，后手高，前手低，将竿擎起，接着，前手阴，后手阳，腰裆一转一合，正是太极枪的抖杆功。脱枪为拳式，出拳有枪力。枪法和拳法的身法一样，水宗一用的是当头炮的身法。手中的竹竿一下子好像听话般的乖巧，连抖了三下。每次竹竿头，都缠画出一个筛子大小的圆，圆圈里都是竿头。在大明湖的小岛上，水宗一用大杆子回旋断树来显劲力。此刻他已经今非昔比，不再需要借助别的物件了，用手中的竹竿即可。等抖到第三下，只见他后腿膝盖一松坠，后手肘部一沉，左裆松塌，右胯拧撑一填，右腰背整体螺旋一紧，向左侧转过去。霎时，竹竿最前面的节根处骤然全部裂开，射出八九根竹片，箭一样成圆形钉在竹墙上。灰衣人一看，青竹竿头部，青色的竹皮上出现了一道道螺旋状炸裂，每道纹都冲着竿头中心的方向。水宗一将缠丝劲力从脚后跟缠到了竹竿头，并把竹竿头给旋转开一道道的裂缝，在裂缝与裂缝之间的竹子，受不了巨大的旋转力，被旋射了出去。

　　灰衣人不自觉地喝了声："好。"那声好，喝得有点奇怪，似赞赏，似疑问，又似惊诧。

　　果然，就听灰衣人问道："唔，你咋会我们家素拳的功夫？"

　　"素拳！"和刚才听到素功一样，一种熟悉的陌生味道在心中油然升起。

　　"为啥要挂无字无图画？"水宗一未答反问。

灰衣人道:"那不是无字画,那是素拳的拳诀。素,其表里都是少而白。白就是九九归一。白,简约了过程的复杂,拳理的复杂,修炼的复杂和烦琐,而呈现一个让想象力自由发挥的更大空间,一个集百家诸多绝招的摘要和集合。素白,表里如一,浅露得近似于简单,但直接真实,不怕千手怒,就怕一手素。不怕万诀会,就怕一诀精。书法之道也是一样。世人一说就是印印泥,壁坼文。或云,破墨,渴墨等。实则重实,尤重虚;重黑,尤重白。黑实处见劲力,常人可为,白虚处有功夫,方得神妙。不懂有无相生,黑白相映,不知白,黑如何为之?白,留的就是意境之素,显的却是功夫。作文也有'不着一字,尽得风流'之说。白到了极致,还是白吗?白就是黑,黑就是白。实际就是一种颜色,黑是白的明处,白是黑的幽处。

"孔子说:'以直报怨。'没有素功,没有内心的强大坚韧,没有功夫,如何能直?素拳式少势简。多一点,便是俗势,少一丝,无法发劲。在毫厘之间,方寸之处,微弱的一点松沉,微妙的一丝旋转,就会产生巨大的杀伤力。素是文,文有文理、文气、文脉,古文字少,千番道理,百层含义,往往一字概之,一语中的。白是原始的第一个,白能创新。第一个创造书法的,哪有帖临?素拳、素功皆是儒家所创。创拳,创的是搏击之道术;创功,创的是激发隐藏在体内和天地间的力量和智慧。素功的体用秘诀是三。素是身份,白是拳理。三是妙用。"

灰衣人的一番解释,让水宗一既兴奋又疑惑。

书法,水宗一在灵岩寺听彩虹和尚的一番话,让他书风为之一变。今天,灰衣人这番论断,又让他重新审视自己以前的心得体会。

这就像登山，本来以为自己登上的峰是最高的了，登上后才发现，还有更高的山峰，且每座山峰都有自己独特的风景。功夫，自家的太极拳已经属于上乘武学了。但听了灰衣人漆守这番拳理，又让他有了全新的认识。素理可解，太极拳也很素。素白画也可以感受，"三"如何是体用秘诀，有点让人费解。

灰衣人看水宗一有疑惑表情，接着道：

"世人知道孔子的'中庸'，万世之理，任何方面都能用。他为《周易》作十翼，通晓八卦之象、数、理、义。人体是'日字头''月字脚'，头是阳爻为乾，双股暗合阴爻偶数，腹为坤，足是震，手是兑，胸肺是虚巽，腰腹为实艮，心离肾坎在周身流行运化。古人讲的人身三宝'精气神'，多少人懂得真正含义？精，非淫欲之精，是人体内先后天所有物质元素的精华；气，不是呼吸的外气，是人体内外所有物质精华经修炼变成的先天浩然气；神，不是思虑散神，是人体主宰精气升降聚散的元神。精是实之始极，首端。气是虚之终极，尾端。居中调节的是神，这就是'三'，也是'中'。这个'中'不是两极端连线上的中，而是既包含两极，又高于两极，从而能产生一个新局面的'中'。对于素拳来说，就是站在恰当的位置，在恰当的时机，用适当的角度和劲力，来回应对方。距离不远不近，时机不早不迟，角度不大不小，力度不轻不重。这就是素拳的体用秘诀'三'。

"《易经》是华夏文明源头之智慧结晶，六十四卦不仅是算命风水之学，实乃穷尽天损地益的生生之机，所谓易道生生。素功修炼之法就在六十四卦里。其小成功法就是《咸》卦，大成功法就是《艮》卦。但人们误解以为《咸》卦是男女婚姻之事，《艮》卦是抑制言行之理。道家则据此创立了修炼内丹的'小周天'和'大周天'。功夫练成之象是《豫》卦，功夫之用乃《大有》卦，功夫之目标追求就是《乾》卦——纯阳之体。道理上通透后剩下的就是修炼了。"

水宗一听到这里，虽惊却不讶。一是父亲在教拳时也经常说此理，但从来不知道这是中庸。二是刘子岳指点后，他已经知道留力守中了。刘子岳说过《咸》《艮》二卦之理，但他当时以为那仅是学术上的文理，稍作理解就不再细究了。今天再听灰衣人漆守的说法，才知道《咸》《艮》二卦既是儒家素功的修炼之法，且又是道家大小周天的源头。功夫练成之象为《豫》卦，功夫之用乃《大有》卦，更是第一次听说，心中颇为激动和感慨。激动的是心中有些长期以来模糊不清的东西，渐渐明了，感慨于接触到儒家文武功法之正源。

灰衣人缓缓说道："我们漆氏一门，专守孔墓。其实，孔墓谁也不敢动，也不想动。历史上的王侯将相改朝换代后，多数坟墓不得安宁，被盗被挖者比比皆是。为何？因为随葬的宝贝多，害得他们死后都不得安宁。孔氏一门，即使没有我们守着，也不会有事，他们一样也没带走，却留下宝贵的思想财富。就是想挖墓也挖不到什么宝贝。要挖，只能到孔子思想中去'挖'。'挖'出来的东西，你如果收藏着，就你一个人知道，一点用也没有，只有告知给越多的人，才会有价值。我们守墓也是符合儒的称谓，儒在孔子以前就是专门负责办理丧事的，丧葬的礼仪就是儒者来司仪。孔子之思想集大成，剩下的就是遵守、修炼和实践了。

"人在守墓，心内却是在守着孔子思想。我也遇到不少人，但他们无法和我印证。今天，你露的一手功夫，和儒家素功如多年失散的兄弟，一脉同源，血脉相连。我原本认为，儒家艺于武，就我这支代代传承，我们消失了，脉就断了。不想我华夏儒学之博大，竟然能曲径通幽，产生出如此相似而精妙的正宗武学。"灰衣人说着，眼角流出泪来。难受，激动，感慨皆有。

水宗一听得心潮澎湃，没想到家传的太极拳却有如此身份和血统。刘子岳在阐述太极之理时，他只是一个模糊的认识。此刻，心灵被震撼了，原来自己守着一份天大的责任。

"今天你我有缘，我可以把素功的秘诀传于你。我有责任，必须守墓。况且，当下华夏大地正处一个大变之时，内忧外患，往日之平静不复存在。孔墓我可以守着，但孔子的思想和功夫就不一定了。素拳一脉，只是我们一族世代相传，从未和外面交流过，今日传给你，也是造化使然。

"世人皆知书有素读。却不知道素拳有'素目'和'素思'。素拳养浩然之气，必在'素目''素思'之后。

"素读是儒家的读书方法，就是先不对所读内容进行深度和广度上的理解，只是反复有声的唱诵式朗读，直到把诵读的内容背诵得滚瓜烂熟为止。是私塾里常用的读书法，这是第一层意思。再就是不带任何成见地阅读，这样能保证先把内容看进来，而不是先就起念判断好与坏。"

"素目？"水宗一第一次听说，更是不明就里，不知所云。

灰衣人也不管水宗一的反应，只是按照自己的思路说下去："人和有生命的动植物，都要接收自然界的消息和能量，才能生存。人在娘肚子里用脐带，出生后用嘴、双眼、双耳、皮肤。

"自然界中，人虽贵为天地之心，但个人的力量毕竟弱小有限。因此，在与世间万物发生联系时，需要用一种低姿态去采摄接纳。所谓采摄日月精华，就是此意。浩瀚苍穹，茫茫大地，日月星辰，风霜雨雪，自然之能量无穷无尽，采摄借助一点，就能大放异彩。"

"啊！眼也可采摄能量？"水宗一半是认同一半是惊叹。

灰衣人说："一般人当然不能，因为不能素目。普通人，目及之处，皆为生计，根本无暇顾及山水草木。稍有财或才者，又目空一切，目光是向外扩张和放射的。见到好的美的，就会目放贪婪之光。这样三魂六魄就会随着目光跑出去了，飘散很远，无法回来。自然界中能量有正有邪，也不能全都采摄，所以，才有非礼勿视之说。我们不能光从字面来解说非礼勿视。素目就是轻轻地微眯，内敛收摄，不可太用力。然后，专一地注视一个物体或一个目标，一直收摄清楚为止，这也可以称之为素目格物。"停了停，灰衣人接着说："眼，如果不想看，可以闭上，不去收摄。更可以闭眼内视，眼观鼻，鼻观心，内观五脏六腑。曾子说，吾日三省吾身。省是自省、反省、内省。省，从内视开始，视身，视心。视自身行为之对错，视心念一闪之正邪。儒家是知行一体。只省心念，不省行动，还是知行分离。

"但耳朵却关闭不掉，所以，就有了音乐。古琴等音乐最先是用来调心的，即用一种有节奏的音乐来隔开和过滤掉无用的杂音，这就是素思。思欲泛滥是人做事练功的最大障碍。想要驱逐和战胜，要用一种单纯的有节奏的声音来安静心性。"

"蝉噪林愈静，鸟鸣山更幽。"水宗一回应道。

灰衣人道："正是此意。我们所说的四书五经。四书，即《论语》《大学》《中庸》《孟子》。五经，即《诗》《书》《礼》《易》《春秋》。经本是六经，少了《乐经》。《乐经》毁于秦火，后人只能演奏而讲不出理论，只能悦耳享乐，而不懂用乐来去除杂音，素耳素思。靡靡之音多，而黄钟大吕少。"

这守墓人，几乎与世隔绝，没有受到外来信息的污染和干扰，言行本身就如同黄钟大吕一样，滤掉了杂音，平和了心性。所思所虑皆是原汁原味的纯粹。其实，孔子修订经书就是一个去除杂乱错谬，保留添加正见的过程。有时候理论或信息越多，越会产生混乱。

"记住我下面说的内容。"灰衣人强调道。

"正襟危坐，素目素思，前念已去，后念未生。周身通泰，一意独擎。此时，对外不睹不闻，对内全知全晓，这便是心。所谓孔颜乐处，不传之密。此心难觅难存。十分着意时又要十分无意，一紧则逸，一懈则驰。先儒谓如龙养珠，似猫捕鼠。

"孔子之乐是：'饭疏食，饮水，曲肱而枕之，乐亦在其中矣。'颜回之乐是：'一箪食，一瓢饮，在陋巷，人不堪其忧，回也不改其乐。'非常明确，缘何为千古不传之密呢？世间真诀有两种存在形式。一种是暗诀。暗诀，口口相传，不立文字，后辈用肢体、语言等形式，表达出前辈的东西，前辈认证，即传衣钵。像禅宗传正脉，在于我拈花，你微笑，心领神会。像一些武艺绝技，也是心法不传六耳。但这种形式因为文字记载少，不使用概念，无法应对改朝换代、战争、死亡等突变，容易失传断代。即使留下一个故事或公案，后人修为不到，也无法体会理解。本来是实修证悟的精华，却容易当成话语诡辩之术；本是苦练而成的绝世武功，却成了虚无缥缈的故事传奇。另一种是明诀。明诀，明立文字、概念，一清二楚。此法可以流传万代，万众皆可研读，像儒家的《论语》。不过，尽管刻字画像，有文有解，怎奈慧根不同，同样一句文言，百人百解，万人万样。真诀就在眼前，而且言之凿凿，就是学不会，悟不出。这两条线时而交会，时而分离。明诀，易得难悟，修如千重山，百步就一关。暗诀难得易练，修如一层纸，一点就到底。

"古语云：'拳练万遍，其理自现。'前提是姿势正确，才能现。否则，傻练一辈子也出不了功夫。有诀，没有师父纠姿捏骨，正对身法，诀也无用。无诀，亦能自创心诀，开宗立派。

"提纲挈领，我只解第一句。正襟危坐，重点在坐不在襟。身正襟自然正。与其说是正襟，不如说是正头。虚领天谷，垂颔护喉，提神正眸即可。"灰衣人话语温润却又决绝。温润，易入耳入心。决绝，凿凿而不容置疑。虽是守墓人，言谈举止，处处皆是君子做派。

"天谷是百会穴么？"水宗一忙问。

"正是，古人云：'性在天边。'天边、天谷都是指百会穴。"灰衣人说。

水宗一道："这和太极拳一样，我们叫虚领顶劲。"

灰衣人说："殊途同归。先贤云：'觉照是真心，分别是意识。'素拳，养浩然之气，开黄中心窍。觉心时，将擎住的一意，由心向天谷注之，上冲斗牛。先放光以上迎镇星之光，即天罡之主。下合身罡，即卤门。自卤门，下眉心，由眉心照注山根，由此下注汇照胸怀膻中穴，养神于脊前脘后。这就是儒家素拳的养就胸中浩然之气的功法。久练，则黄中洞启，祖窍豁开。静极动关开，动极静窍透。此窍亦称天心，心窍也。此心为三才同禀，天心通，三才一贯，调摄造化，收摄天地精华，于一身回旋。心窍通利则泥丸、丹田、涌泉等全身之关窍皆通。"

灰衣人一口气说完，仿佛完成了一项重大的任务，而显得十分轻松。水宗一听到儒家素拳功法之要诀，将每句每字，刻入记忆最深处，以备时时反刍，慢慢咀嚼消化。

"素拳的最高境界是啥？"水宗一问道。

"击空。"灰衣人说这两个字时，节奏和声调都是平淡而空虚，奇崛而丰富。两个音节，好像能把多少辈人的思想、功夫都涵盖在里面。

"击空。"水宗一重复了一遍。这个重复不是肯定也不是疑问，而是在复印和拷贝。两个音节却是具体而明确，就像打了一记掩手肱捶，呼呼地带着风，速击而出。

"对，击空。"灰衣人强调道。

这是水宗一第三次听人说"击空"。第一次是祖父说的，他并不懂，但家学严格，他必须刻在心田上。第二次在灵岩寺彩虹和尚说过，他已经感受到击空之美。所不同的是，在灵岩寺是他直接问的彩虹和尚"击空"为何，而在这里是灰衣人自己说的。

"击空，既是素拳的一种由意识引导的练拳方式，又是素功之道的极致。素拳练功从不打击有形的硬物，也不起拙力猛练，而是在极度放松的状态下，擎着一丝心力练习。"灰衣人边说边做了个动作，果然如行云流水。

"万理万事一空而已。空是一个隐语，是一个涵盖所有的容器，也可以说是心。心外无拳，所有动作招数全在一心之妙用，就是在对方未动想动之时的一击。子在川上云：'逝者如斯夫。'我们的身体和思想需要应对不断变化着的世间万人万物。最接近'空'的就是水。水，鲜活、流变，一刻不停，随势而动，即形而形。无内外之别，无体性之分。素拳的练习，用减除之法，减除错、减除拙、减除粗、减除妄、减除太过、减除不及。"

"喔，太极拳有练活不练死之说。"水宗一忙回应道。

人们在对话时，印证式回应更能激发和强化双方的思想，从而碰撞出意想不到的火花。有时候，对话就是学习；有时候，沟通就是印证提升。千年前的先贤们就明白此理，圣人的思想，都不是长篇大论，而是师生之间的一问一答，简单的对话，寥寥数语，就全景式地勾勒出博大精深的思想。有人说《论语》鸡零狗碎，不成系统和体系。成体系的东西容易受本身完整性的禁锢，且一旦应对不了外来新事物的冲击，系统可能就会崩溃。因此，老子说，大成若缺。那"缺"，正是面对未来不确定性的开放；那"缺"，正是大成不断保持鲜活的入口和出口。吞吸营养，排出渣误，保持鲜活。大成，不仅在大，在成，更在于活。活才是大成之密。西方的系统是局部系统的一代代升级，等发现这个系统应对不了新环境，只好改弦更张重新建立新系统。所谓进化或者推论人是由猴子变的，言之凿凿，立论煌煌。这种看似完善的局部系统经不起更大系统或超系统的检验，等有一天搞清楚整体系统，就会发现这种东西立不住脚，几近呓语。与西方不同，中国的先贤们建立了一种涵盖天地人的超大超高超活的思想，创立了一种鲜活开放性的格局，有高度，没有进化；有宏观，没有虚无；有局部，没有困扰于细节。其中有着亘古不变的道，有着不断变化的术，道术一体，前立五千年不死，后续五千年不绝。

"对。练素拳，首先要在意识上吃透拳理，改变原来生活中的俗见。这与修炼禅宗是一样的。有很多人说，练拳关键，在练而不在空谈之理。这是偏执于一端，无拳理傻练和空言理少练皆不可取，阳明先生的知行合一，批判的就是妄念和冥行。"灰衣人说。

130

"禅宗有'破三关'之说:'不破初关不闭关,不破重关不住山,不破牢关不下山。'说的就是修禅的三个障碍:学禅时的开悟,悟禅后的保任,保任后的妙用。

"素拳讲究'透三观,合一道'。一观理,即拳理拳法。二观体,就是身体拳架。前二观是练己。三观彼,就是对手和不断变化的天地万物,知晓顺应对手的变化。合一道就是'天人合一'。人和大地合一,就可以借助大地的力量。人和苍穹合一,摄收上苍的能量智慧。搏击对抗,长寿养生皆在其中。素拳妙不可言,任是奇妙,也只不过是一朵在中庸之道中盛开的小花而已。"

水宗一如醍醐灌顶,一股快意遍满全身。刘子岳在说儒家长寿时,他虽然相信,却说不上为啥?原来儒家文武艺这么博大精深,又是这般具体可用。

灰衣人接着说:"有人说书法必须藏锋,欲左先右,欲上先下。仿佛很高深,符合道理。但用起来呢?素拳是儒家艺,处处中庸,时时中和。一个向左的动作,分先向右,再向左,搏击时就迟了。搏击就是一下子的事。这都是不懂书法和武术的文学想象。一个向左的动作,比如右手往左转,向左时本身就包含着右。一个抬手向上的动作,手指领着一股劲往上往前走,肘部却要蓄着向下向后的一股相反的劲力。一横,映左带右。一竖,含上蓄下。如此才能根据对手的变化,瞬间由左变右,或由右变左。素拳表现中庸的方式,结合二极,新生一中。此中包含两极又高于两极。"

水宗一又一次目瞪口呆了,灰衣人说的竟然是家传太极拳的用法,而且,更加清晰明了。自己身体有时能感受却说不出来,有时给学生教授时,也说欲左先右,细想似乎不妥,却又说不出来哪里不妥。刘子岳从道理上也说出一些来，但今天灰衣人的素拳，既让他震惊又让他欣喜。

"世人误读孔子很久了，帝王误读为统治之方，新学误读为毒心之药。一个把儒学当工具，一个把儒学当成误国误民的根源。可笑呀。中庸之道，即之若易，而仰之愈高；见之若粗，而探之愈精；就之若近，而造之愈无穷。"

灰衣人此刻不像是个看墓人，倒似个在杏坛上讲学的大儒。

水宗一这时看灰衣人，身上的衣服不那么灰了，相貌也不普通平常了。稳重朴实的灰色，透出的半是深邃，半是神秘。普通平常的面相，流露出来的是素真和文质彬彬。常人张狂，装出一副不寻常脱俗的模样；高人内敛，即使与众不同，也自甘平庸和常人保持一致。

水宗一见灰衣人不再说话，用眼看着他，瞳仁里精光敛逸。他记得祖父在世时看人就是这种温煦的明亮。父亲说，那是功夫高深的精神外现。

"王宗岳在《太极拳论》中说，'仰之则弥高，俯之则弥深；进之则愈长，退之则愈短'。我以前仅是从拳势上理解，认为是动作上下进退的应对规律。听您这一番话，让我产生出新的认识。"水宗一心悦诚服地说道。

"当世儒家偏于治偏于文，几多约束，几多文弱。少了厚重，少了强壮。言事为史，言道为经。但正史记载的皆是军国大事，经典传承也流于空道。当下之情景与大明相似，外族统治，异种入侵。历代成事的君王，都不是文人。儒家将遭大难也。朱元璋就曾把孟子迁出孔庙，这次可能更甚。我一个守墓人，纵使身怀绝技，也无能为力。你的功夫和太极之理近于儒家正宗，素拳虽妙，外人知之甚少，希望太极拳能传承儒家核心文脉。把手伸过来，我给你把把脉。"灰衣人道。

水宗一将手伸了过去。灰衣人用三指分别按着尺脉、寸脉、关脉。那手肌肤细嫩，圆润饱满，就和一个少女的手一样。水宗一暗暗称奇。

片刻，灰衣人松开手。"真是非同小可，脉象奇特，按医理上来说，你是死不掉的人。"灰衣人惊叹道。

一天中，除了吃饭二人都在交流印证。天色渐暗，灰衣人留水宗一住下，又细细地交代了素拳练功的一些窍门禁忌。

第三天早上，水宗一离开曲阜回济南。一股欣欣然的快意充盈全身。身心如洗过一般的轻净如如，又似负重担一般沉甸甸的。轻净是因为一通百通；负重的是因为一份责任。

自此之后，水宗一专心练拳，整理拳谱，反复研修素拳的理论和易筋经的功法，以太极拳为主，将素拳和易筋经的理论功法融入其中，自觉每天都有新东西产生，每天又去除掉很多累赘和杂乱。写一遍拳法，仿佛拳法更有看头了。练一遍拳，仿佛功夫就增加一层。以前写书教徒弟，说得很细很多，生怕不清楚，现在写文章教学，说得越来越少，往往就是一句话，但觉得比以前说一天话的内容都多，且能一语中的。

拾　东洋臣服拜义父

水宗一教拳时，除了徒弟外，还有不少围观的，不少徒弟就是从围观者渐渐变成了徒弟。所以，对于围观者，只要不是捣乱的，水宗一总是泰然处之，真诚相待。

这天，黑虎泉边的晨练已近尾声，水宗一在给郭鹤讲解"拦擦衣"的第三个动作，左腿顺缠，弓膝塌住裆劲。右腿逆缠，里斜勾起右脚尖，脚跟贴地向右横开出二肩宽距离变成右扑步。右手同时变顺缠，松肩坠肘，走里下弧线收到胸前。中指指向右前上斜角，手心斜侧对左后上。郭鹤按照要求又做了一遍。

水宗一朝着郭鹤的右手就是一巴掌呵斥道："别起肘。"

郭鹤一伸舌头表示抱歉且记住了。

水宗一道："这是个右进步靠法，靠法是大身法，用右肩靠对方的胸肋。靠得瓷实，对方必飞。"说完，让郭鹤按动作规范靠自己。郭鹤上右步，用右肩向着水宗一的胸部追靠过去，水宗一没有躲闪，让郭鹤肩靠上，却没有靠动半分。

水宗一对一旁观看的徒弟们说道："郭鹤这靠，靠上了也没用。为啥呢？靠必须贴身，所谓贴身靠，只有在贴到对方身上或在非常靠近对方的小空间内靠，打击力才大。郭鹤刚才右腿上的不到位，我和他身体之间的距离大，用肩追着我靠，哪能有打击力呢？右腿要

134

踏上到对方的两腿间，身子贴近对方，就像这样。"说着水宗一一上右腿，身子欺近郭鹤，猛地右肩向左一旋转，就将郭鹤靠飞出去了，用的是长劲，郭鹤被靠出去一米开外只是摔倒并没受伤。

这时候，从围观的人群中走出一个体格健壮，身高约一米八左右的中年人。冲着水宗一说道："我在这里看了好几天，怕不是你们师徒私下说好了相互配合诱我等学拳的吧。"

水宗一笑道："朋友是练家子吗？"

中年壮汉道："练过几年拳脚，但没见过你这样把人打起来尺把高飞出去的。"

水宗一道："靠法的劲力又整又大又旋，劲力不好控制，我也不知道你功夫深浅，用靠法尝试容易受伤。这样吧，你来按我，如何？"

中年壮汉道了声"好"，上前双手就按住水宗一横在胸前的右小臂上，壮汉比水宗一高一头宽一背，双臂如两根粗钢柱一般，脚下弓步，往前狠命一推。心里的话，看你如何跑，这下子非把你推出去。水宗一肘一坠小臂一捌转，并未看到右肩攻靠的动作，两个人还在搭着手，中年壮汉突然双足离地，腾空而起，被弹出二米开外，摔了个屁股蹲儿。劲力嘎巴脆整。中年壮汉爬起来有点茫然，周围的人也都看呆了。

水宗一哈哈一笑道："感觉如何，你用劲越大，就会蹦得越远。"

水宗一在讲解时，动作放慢放大，让学生看到或感受到动作的轨迹和劲力的走向。真用起来，手和身的螺旋都缩小加密了，腰裆和身子仅是快速的一斜侧，眼力不好，或不懂行的人，根本就看不出来他动了。但对方却飞了出去，所以众人都看得发呆，以为在玩魔术。

中年壮汉道："我刚才没有注意，再来。"

水宗一就知道壮汉会这么说，这样的情况见得多了。这些不了解太极拳的人被发出去后，因观念一时改不过来，不惊叹于太极功夫的精妙，而是认为自己没注意，被对方钻了空子。再来一次，自己注意了，就不会被摔出去了。

水宗一又让他试了一次，这次中年壮汉用的力更猛，被弹出去更远。起来后，还不服气，非要再试一次。

这次中年壮汉吸取了上两次的教训，推按过来的手松空不用力，胳膊是弯曲的。水宗一微微一笑，中年壮汉刚才的两次推按臂直劲猛，自己不需要动步就将他发出去。这次看中年壮汉曲肘虚蓄着力，就知道他学乖了，想小力试探，等推按实了再用大力。一声"好了"刚出口，水宗一往前一上右步，壮汉一惊，本来不用劲的手，不得不用力，不用力水宗一身子就攻上来了，手上刚一用力，顿时脚下一空，又摔了出去。

水宗一闲庭信步，抬手人即飞出。毕竟发外人比发徒弟过瘾，徒弟们都有些功夫又懂得发劲的内在规律，发时留着力又不能伤着徒弟。而外人不懂太极，发得就会更脆更轻松。点着了烟斗，水宗一慢悠悠地低吟道："双手推按单臂掤，下塌外碾肩放松，腰裆侧转螺旋劲，点对点发必成功。"吟咏得抑扬顿挫，煞是好听。

"还试吗？"水宗一笑眯眯地问爬起来的壮汉，中年壮汉不好意思地抓了抓头，走了。

"后学来试试。"围观的人群中有人喊道。说话的是个约三十岁左右的人，中等身材，衣着简朴不俗，举手投足间显出一身劲气。举止彬彬有礼，却又让人觉得似乎哪里有点不对劲，即使站在人群中不说话，也好像与周围的人格格不入。水宗一好像见过这个人，这几个月断断续续地出现在拳场附近观看。

水宗一道："好呀，可以一试。"

那人上前作了个揖道："不过，我有一个要求，我不按你的右臂，推你的右肩如何？"

水宗一道："推按哪里都无妨。"

那人上前松肩沉肘，双手轻轻地按在水宗一的右肩上。他做好姿势并不发力，为的是试探水宗一的劲力方向。他在旁边看了多时，认为自己看出点门道来了。不按水宗一的手臂，因为手臂可以快速地变化劲力的方向，所以要求按肩。不发力，是在等水宗一先发劲，他就能感知劲力大小和方向，然后再发劲，这样水宗一不但发不走自己，反而可能会被自己推倒。

水宗一刚才发中年壮汉用的是松肩坠肘走小臂掤转，这符合太极拳用法"手掌不能过中线，中指领劲走小臂，肘坠不起力推山，腰裆一转威力现"。现在不能用小臂且对方柔柔地听着劲，水宗一肩部微微向右前上斜角画弧，其实这是个小引法，通过自己动，让对方跟着反应，对方不反应就会被画出去了，对方一应急反应，其反应之力又会被借过来加上自己的打击力再折返给对方。也就是说，太极拳的劲法，永远都会让对方处于两难境地。不反应不行，反应也不行；前进不得，后退也不得；向左会失去重心，向右也会失去重心。那人果然跟着就反应，手上一用力，嘴里"哈"地吼了一声。这正是水宗一想要的，刚才肩部向右前上斜角画弧线，只是画了一点，引动对方。对方一用力反应，立刻暗换裆劲，肩部反向一转却向左后下斜角缠去，那人"哈"声未完，人已经飞出去了，摔得更惨。中年壮汉被发出摔坐在地上。水宗一感觉此人有些功夫好像有意找事，所以就向左后下斜角缠得狠了点，摔出去时脸朝下，正好一个狗啃屎，围观的人齐声叫好。那人爬起来，擦干净脸上的尘土，走到水宗一面前，"扑通"一声，跪倒在地，说道："师父，请收下我吧，我愿意终身追随你学艺。"

那么，这个跪拜学拳的人是谁呢？此人是日本的文化间谍中野横二。日本占领东三省之后，就派出大批文化间谍，专门搜集中国传统文化的精髓。所有的文物，书籍孤本、县志州志、武术功法、手艺绝技全在搜集范畴。想方设法地占有掠夺，以便实施所谓的"大东亚文化共荣"。中野横二负责的就是中国功夫。当时日本朝野有两个思路。一种思路认为亚洲大陆文明赶不上欧洲海洋文明，日本要想发达必须"脱亚入欧"。另一种思路认为东亚文明有其优势，但重新释放其优势的中心在中国不在日本。因此，必须要占领中国才能打造所谓"大东亚共荣圈"，以日本为中心重新恢复东亚文明的活力。虽然这两种思想争论激烈，但对于掠夺中国物质和非物质文化却是一致的，日本持军国主义的那帮人可恨之极，但对有价值的好东西却是识货的，对中国传统文化的痴迷有些方面胜于中国人。

中野横二精于空手道，又练习北辰一刀流的剑道。北辰一刀流系千叶周作成政所创，义取《论语》"为政以德，譬如北辰，居其所而众星拱之"。该派改良了日本传统练习的木剑和柳生新阴流的竹剑，讲究以静制动，寻敌动作破绽刺虚而入。他师兄在杭州想跟踪绑架一位中国武术家回日本，却不明不白地死了，死时身上无疤无痕，解剖后发现心和肝俱被震裂，可见对方内功之高。中野横二接替师兄的工作来到中国。

从杭州暗访追查，一是查凶手，二是访功夫高手。沿运河一路北上来到自古就藏龙卧虎的水陆大码头济南。中野横二来了近半年，走访到水宗一教拳地点，就在一边偷看偷学。今日见有机会，就显了身，想试试水宗一是否有真本事，有就拜师，接近对方。所以，才有跪拜的场面。

水宗一只好将他搀起来，算是收下了。

几天后，有好几个徒弟都来汇报，说那是个日本人，不能教，否则，就是汉奸。水宗一听后啥也没有说，只是继续耐心地教中野横二练拳。众徒弟也不敢再说，慢慢地和中野横二熟络起来。中野横二十分认真，练得也勤奋，对师父和师兄礼貌有加。自从教了中野横二，水宗一就不再和别的徒弟实验推手，只和中野横二练习。太极拳的画圈和推手最吃功夫。画圈，如果按规矩来画，一个壮汉，一次最多也就能画八九个，双腿就酸疼得受不了。推手也是，拉开架势，四手相交，掤、捋、挤、按，腰裆左右松塌，螺旋侧转相随，周而复始，只消几个来回，保管骨缝酸疼难当，大汗淋漓。与水宗一推手更是一个累字了得。接手即松掤，这种松掤劲遇对手的力就会反方向产生上下左右的分合螺旋力，浑然如球。不顶，不丢，不左，不右。掤劲一上来就笼罩住你，让你处处受制，时时势背。你若前攻就被引化发出，你若后撤就被挤按合出。你一泄力，则如影随形，挥手即出。你一发力，则会感到内脏震动，泪流满面，想要呕吐，就像触了电。所以，徒弟既想和师父推手，过程中能学到真功夫，又怕推手，累不可言。中野横二来学拳后，一天里不知道要飞多少次。不过，中野横二倒是抗摔，每次被摔得龇牙咧嘴地爬起来，都是一个九十度的躬。众徒弟看着也不好笑，只是私下里偷着乐。渐渐地有徒弟背后议论，说师父收中野横二就是为了练手，揍日本人开心。水宗一听后，也只是微笑，不置一言。

转眼又过去了大半年，中野横二的一路太极拳也学得差不多了。一天，中野横二对水宗一说："秋深蟹肥，朋友送了几十只大闸蟹，邀请师父品蟹。"水宗一也不推辞，就和刘辉一起去了。

中野横二的家位于济南商埠经二纬三路上，三层小楼，全由青石垒成。青石上面带着自然的白色条纹，用的是泰山石。小楼造型古朴自然，临街的大门也是正方形大条石搭建而成，院子里稀疏的几棚竹子，满院子的荒草，间隔自然散落的大石块构成一条通向小楼的甬道。如果不是踩得溜光的石块，擦拭得乌亮的木门，门楣上精致的灯笼，就会让人误以为这是个遗弃的院落。灯笼上两个隶书的汉字"中野"，字下一枝遒劲的梅花，正是中野横二家的徽标。

"请。"中野横二一个九十度的躬，将二人让进屋内。屋内简素，靠墙的案几上供着一把日本刀。南侧放着一个大矮茶几，几两边放着两对蒲团。主客坐下后，中野横二泡茶，倒茶。茶饮两杯后，中野横二才说："我练的剑道也尊崇以静制动，为何我用不好呢？"

水宗一说："非剑理有问题，是你练用得不对。"

中野横二站起来鞠了一躬道："请师父指点。"

水宗一和刘辉都站了起来，来到堂中间。

中野横二摆了个空手道的拳势，看起来有力且漂亮。就在中野横二动起来之时，水宗一的左手非常轻松快速地贴着中野横二的右臂摸到了中野横二的脸。中野横二的式子刚摆好，就能摸到了他的脸，表示能击垮他。中野横二只好垂下双手，后退了一步，又是一躬。"为何能如此？"中野横二虔诚地问，一个惴惴不安的求学者姿态。

140

水宗一说:"我家太极拳没有起势,分腿而站,无极无势,第一动就是右手顺缠走里左上弧线转在胸前,这是为了等着接你右手。同时左手逆缠走外右弧转到下颌前方,无起势,一动即打,一打即中。"

"再来。"中野横二喊了一声。

中野横二现学现卖,在没有任何征兆的情况下挥右拳击向水宗一。水宗一一个拦擦衣,右手左上弧线顺缠,掌外侧切中中野横二的右手腕里侧,中野横二受击一惊,将右手猛地往回一收,借着中野横二手臂回收之力,水宗一右手右上弧线逆缠掌背正抽中野横二的右脸颊上。"啪",一声脆响。中野横二一下子被抽得有点蒙,却迅速站正身体,喊了声好。水宗一全身松透,手上只有中指有点领劲,反抽这一掌,既有旋转的鞭梢劲,又借上了中野横二手臂猛收之力,在堂屋小空间里,手背抽脸颊的声音真是又响又脆又透。

"为何能中?"中野横二问。

"借力打力也!"水宗一答。

"再来。"中野横二喊声未落。

"啪",脸上又挨一巴掌,这次是正面抽上去的。

"为何能中?"中野横二问。

"螺旋打击稳、准、狠!"水宗一答。

"好!再来。"中野横二话音未落,"啪",反掌又抽上一个。

"为何能中?"中野横二问。

"弧线最快!"水宗一答。

水宗一常看到日本人打日本人嘴巴子,不让不躲,打一个趔趄,站直了再让打。今天除了第一次摸了一下子脸,水宗一连着反正抽了中野横二四个大嘴巴子。中野横二也真的是那样,打歪,站直,再歪，再站直。唯一不同的是，中野横二想躲，可是每次水宗一好像是知道他想向哪个方向躲，手都准确无误地等在那里，看着像是中野横二站着不动在挨打，又好似凑上来找打一样。

连挨了四掌，中野横二的脸已经麻木得没了感觉，脑袋嗡嗡作响。刘辉看他的脸又红又肿，心中直乐，也不好笑出声来。水宗一手部动作幅度并不大，只用了三四成的劲力。将螺旋圈缩小加密了，全身松透，手掌螺旋着打上去，就像裹上棉花的钢条子抽在脸上。螺旋劲又钻又透，抽中右脸颊，放射着透进去，能疼到左边的后槽牙。

"为何能如此？"中野横二已经不敢喊再来了。

水宗一点着了烟斗，吸了两口说："这就是太极拳，割牛筋，切豆腐，用刀用力都不一样。水一样活泛，舍己从人却又随心所欲，无孔不入，防不胜防。"

"学生受教了，非常感谢。"中野横二又是一躬。

中野横二走进里屋，出来时手里多了三张照片。

中野横二将照片放在茶几上，水宗一看时，虽心理上有准备，脸上颜色未变，心里却是翻江倒海，怦怦直跳。照片是三张拳照，拳势都是单鞭。

第一张正是自己的祖父。一袭黑衣，身材高大。左手瓦楞掌开向左前方，左脚的方向和左手的角度一样，约四十五度。右手拢成勾型，如捏小果状，松肩坠肘于右侧。全身松合，腰裆劲塌合得非常好，势如磐石，右脚脚尖向左里边勾扣过来约三四十度。

第二张照片是父亲。一身白绸，身材魁梧胖大。姿势几乎和祖父一样，只因身材粗胖没有祖父飘逸，却多出了几分雄浑。

第三张是大哥。白褂黑裤，一身的劲力，显得剽悍霸道。单鞭的姿势也是一个模子倒出来的。不同的是哥哥身上缺少了松沉稳重的气势，劲力有点上浮。

中野横二说："老师请看，这三个人都是太极高手，所练姿势都是单鞭。姿势几乎都一样，唯一不同的就是右脚。请看，第一张的右脚尖往左扣了三四十度。第二张的右脚，只是微微扣一点，近似于直的。第三张的右脚不但没有往里扣，却往右撇出一点。那么，究竟是谁的对？"

水宗一收中野横二时就差不多猜出来他的目的，收他为徒也是将计就计，顺势而为。自己在杭州震死日本武士，日本人绝不会善罢甘休。但过程中发现这个中野横二真的是个练武的材料，学得认真，练得刻苦，平时学拳也不大问为什么，姿势正确了就苦练。有人私下里提醒过水宗一，不能将太极拳的秘密全部告诉日本人，要留一手。其实告诉他也无妨，自己教了很多徒弟，手把手教，一遍遍地说，且也是领悟不了，教都教不会。缠丝一转三百六十度，少一度也不行，留哪一度不教？留哪一手不传呢？水宗一不保守，也无门户之见。通过与其他拳种交流，将不少好的招式劲法吸收到自家的太极拳里。留一手不如多一手呀！留是保守，越留越少。只有具备多一手的思维和行为，才能海纳百川，与时俱进。

让他惊讶的是，这个日本人竟然收集到爷爷、父亲和哥哥的拳照，用心之深，观察之细，让人感到害怕。

水宗一想了想说："从太极拳理来看，三个人练得都对，符合单鞭一式的要求和要领。至于你问的三个人脚尖的方位，那是细枝末节，脚上对一点误一点关系都不大，当然，往细里追求精神可嘉。从照片上来看，第一个人功夫最好，所以脚扣得到位。第二个人次之，微扣一点。第三个人功夫未到精妙，还顾不到扣脚这样细节。但是照片是平面的，很多里面背后的东西看不出来。中国人有'藏巧'的习惯，好东西不外露。给外人练的和自家用的不一定一样。第三张照片也许是有意为之，也未可知。"

在这种场合见到亲人的照片，且是连自己都没有保留的，水宗一百感交集。都是自己的亲人，就是练得不对，也不好说，但又不能不说。自己从来不说假话，因此，只能把话说得模糊点。

"师父，果然眼力过人，这是我听到的最清楚最中肯的分析。我从小失怙，想拜师父为义父，请师父让我如愿。"中野横二真诚地说道，眼里噙着泪。

"好，我收下你这个干儿子了，刘辉正好做个见证。"水宗一没有丝毫犹豫地说道。

等主客重新坐下喝茶时，三个人的身份和内心都起了变化。水宗一不能确定中野横二知不知道自己的真实身份，仅从长相上是看不出来的。哥哥像父亲，而自己像母亲。但从拳架上来看，傻瓜也能知道这是一脉相承的。好在中野横二只学自己的拳，并未见过爷爷和父亲练拳，仅从一张拳照也难全面判断。

中野横二倒是很激动，认义父的想法早就有了，担心被拒，一直未说。为啥要认，他自己也说不清楚，就是觉得水宗一亲，就像走散了多年的亲人。

刘辉也是十分开心。没想到这个日本人竟然认了师父做干爹，他心里为师父高兴呀，多了个日本干儿子。

水宗一问："中野呀，你们日本人学拳，咋不问为什么呢？"

中野横二道："我们不管学啥，师父咋说就咋练，不问为什么是这样而不是那样，师父的话就是规矩，规矩就是道理。照着规矩下功夫，下足了功夫，练成了，练到了，自然就知道了为什么。不练，就是知道了为什么也没用。"

水宗一说："看起来这好像是个笨办法，实则是捷径。我也常说，照着规矩下功夫。看来真道理中外无别嘛。"

水宗一嘴上这么说，心里却一动。国人好悟，学东西喜欢从理开始。乃至坐而论道，务虚多了，务实就少了。日本人好守，学东西从规矩开始。练成了，上身了，再来悟道。能不能融合一下呢？古代打仗得中原者得天下。练武能不能从中间开始，向两边练呢？正在想着，中野横二站了起来，请他们移步餐厅吃饭。

水宗一的胃口极好，典型的一扫光。不管在家还是在外面，只要有他在从来不会让菜剩下，盘盘见底。水宗一受过私塾教育，家传太极拳的真功夫，又受大儒刘子岳的影响，说话办事，看似随意，内里却暗合规矩。该吃饭吃饭，想睡觉睡觉。真人真性，从不掩饰。今天又收了干儿子，心情不错，因此，就放开了吃。三个人一顿就吃了五十只阳澄湖的大蟹，中野横二和刘辉各吃了五个，剩下的四十只水宗一一个人全包了，另外还加上五个馒头，把中野横二和刘辉都看傻了。

练武的人，体力消耗大，新陈代谢快，自然能吃。别看太极拳练起来松柔，一趟拳练完，呼吸自然，气不长喘，但能汗塌衣裤，消耗很大。加上水宗一天生食量大，吃饭就好像没有饱的时候。刚吃过一二个小时，别人还在消食，水宗一可以再接着吃。胃是身体好坏的晴雨表，不管小恙大病，只要能吃，时间不长，一定会好。一旦胃不纳食，人很快就不行了。廉颇老也，尚能饭否？问的是能吃就能战。

收了义子，水宗一就更加认真地教中野横二。中野横二更是天天泡在拳场里，功夫自然提升很快。

拾壹　至武为文臻化境

近一段时间，徒弟们发现水宗一就像换了个人似的。搞艺术的有衰年变法之说，他仿佛是早岁百炼，衰年淬火。淬火的秘诀在于淬火用的水质和水温，铸剑的师傅都深谙其道。不过，火温更是关键，只有经过不断高温熔炼和锤打，冷却的水温才有意义。所谓"千般柔韧火里锻，一点灵气水中来"。不管多么简单的手艺，其理都不简单，其功也藏着自然界之密。手艺秘诀、良药配方都是安身立命、吃饭的依靠，自觉不自觉地就会设定一些门槛和密码。武艺、手艺都一样，既有细节上的小技，又有大道上关键处的要诀。有些东西，根器高的，不教也能悟出，老师想藏也藏不住。有些东西，根器低的，老师反复讲了也悟不到。生存吃饭的现实逼迫，让传授技艺本身变成学问。会教的师父就能把念想栽到徒弟的心里，引得徒弟有事没事都想往师父身边凑。

徒弟不聪明，悟性不够，只知傻练，就是练出功夫了，也是傻把式。练几个式子，做个静态表演还行，实战运用则不行。对方一变化，就会犯傻。特聪明的，一点就通，却不一定肯下功夫，都是嘴上、思维上的权变。说起理论来能通天，一动手则只会变着法子地躲避。杜甫在《题李尊师松树障子歌》中云："更觉良工心独苦"，水宗一就有此感觉。有时觉得无人能懂，有时又发愿让大众全都明白，有时又感叹此拳非上上智者不能传习，有时又觉得如不能传承，再过几十年后，太极拳就会变成传说。自家的子女有天然的继承权，可是自己的三个儿子没有一个喜欢练拳。世道动荡，子女们已经没有像自己小时候那样的传统教育环境了，传统的思想、做派、功夫在枪炮面前无可奈何地崩塌了，自己能做的只是尽量多教多传，不能让祖先的艺断于自己的手中。尽管如此，水宗一教拳的原则也没有放低，恪守着三不教，即无德之人不教，无缘之人不教，无信之人不教。

这天早上，水宗一抽着烟斗来到拳场。场子里徒弟们练得热火朝天，见师父来了，新收的徒弟们分外卖力，有的想得到师父的指点，有的则想得到师父的夸奖。几个跟着水宗一时间很长的老徒弟们则各自扎扎实实地练着功，不敢也不好意思往前凑。他们知道水宗一的脾气，表面上温和，讲起话来一点面子也不留，有时候一句话就能噎得人一天都张不开嘴。平时遇事啥都好，但内心却极有数，大事，正事，关键时候一点也不含糊。老徒弟们私下总结说，师父教的是太极，做人是三极。哪三极呢？对人极好，要求极严，心胸极宽。水宗一对这些徒弟就像对待自己的子女一样，担当一声"师父"的称呼不那么简单。徒弟们遇到婚丧嫁娶等大事，水宗一总是尽心安排。徒弟们日常的工作生活，大事小情的也是尽力帮衬。不过，一到拳上，规矩、要领，姿势、用法，差一丝一毫也不行。不管你是跟随多年的老徒弟，还是刚入门的新弟子，一针见血，不留情面。水宗一的口头语是"当面教子，背后教妻"。徒弟和子女差不多，不讲在当面记不住。搞得这些老徒弟们有不清楚的地方，也不敢问，私下里找到新来的师弟，让师弟问。新弟子刚来问问题属于正常，水宗一总是耐心地讲解，老徒弟们趁机围过来学习。

水宗一见徒弟贾正和刚收不久的新弟子甄有道推手试力。贾正左手拿住甄有道左手腕子合在自己的左腹部，右手小臂搭在甄有道左肘弯处，用的是捋法。只见贾正身子往后一坐，将甄有道半拉半转地拽向自己，甄有道见状急忙缩左手，同时身子往后一挣，贾正就势将左手和右臂同时往前一送，甄有道立刻向后摔了个屁股蹲儿。水宗一微微一笑说道："贾正呀，你这一拉一搡，几乎没有旋转，有道是摔倒了，但你用的都是前后的直劲，这个不是太极推手，你来试试我这个。"

水宗一说完伸出右手，贾正伸出右手握住老师的手，两个人站成掰手腕的姿势。"使劲"，水宗一刚喊，贾正猛地双脚蹬地，右手向左死掰压，他以为这一次能把老师手掰压下来。谁知，他念头一起，拙劲骤出，水宗一右手腕向右微顺一下来力，接着往左上极细小的一转挑，等于右手先弧线向右顺了一下，再向左走了小螺旋，贾正身体瞬间被发起来一尺多高。众徒弟都围了上来观看。甄有道也上前掰住师父的右手，他本身力量就比贾正大，且又将左手握住自己的右手腕处，形成了双手掰水宗一单手。"使劲！"水宗一喊道。甄有道猛地一掰压，结果身子蹿起来比贾正还高。

"神了！"甄有道赞叹道。

"这个就神了，下面的咋形容呢。"水宗一幽默地说道："和刚才一样，你用力掰我，我将你发起来，我让你单腿落地，你就单腿先后落地，让你双腿同时落地，你就同时落地。"

甄有道说道："好的，我试试。我要是不听你的呢？"

水宗一在甄有道伸过来的手上拍了一巴掌说："别耍嘴。一试

149

便知。”

　　两个人握扣好了右手，水宗一说："让你单腿先后落地，使劲。"甄有道猛地发力一掰，忽地身子被发蹦了起来，双腿一先一后落了下来，"啪""啪"响了两声。

　　水宗一说："这次双腿同时落地。"甄有道使劲一掰，"啪"的一声，甄有道的双腿真的同时落地。外人看起来，好像甄有道十分听水宗一的话，让他咋做就咋做。实际上甄有道苦不堪言，他用力猛，每一次被发起来，震得都想吐。他想反抗水宗一，极力指挥自己的双腿，但双腿完全不听自己的，倒像是长在水宗一身上一般。

　　"师父，拳我不练了，我就学这个，太神奇了。"甄有道说。

　　水宗一说："这是妙用，如何学得。功夫只有练套路才能练出来。"

　　甄有道说："师父，套路太长了，能不能简化，减少到十几个式子，这样出功快。"

　　水宗一教徒弟或喝骂徒弟，有时并非针对这一个徒弟，而是针对徒弟们容易犯的共性错误。每当这个时候，表面上是回答问话的徒弟，实际上也是说给其他徒弟们听的。

　　水宗一神情严肃地说道："我的拳一个眼神都不能减。老祖宗留下的东西，多少代人的把玩运用，如果能减早就减了，能留下来的都是精华。就像宏济堂做药一样，偷工减料谁都能想到，但时间一长就肯定会倒闭。你们不要怀疑古人的智慧。简化，就是偷懒。简化，是在糟蹋太极拳。"

　　见到师父开讲，刘辉搬来椅子请老师坐下，并拿过来烟斗，填上烟丝压实，给老师点上。水宗一抽了几口烟，过着烟瘾，享受着徒弟的孝顺，不亦快哉。以前，喜欢动手捏架子纠正徒弟，现在则更享受用故事或比喻让徒弟开悟。

"大家都知道六祖惠能悟禅的故事吧？"水宗一问道。

"我知道，师父。"答话的是大徒弟李能。水宗一平常随性，但教拳时特严，此时，也只有他敢答话。

李能在省府工作，住处和水宗一家仅隔一条街，侍师最勤，深得水宗一真传。身法、拳势和水宗一最为接近。刘辉就见识过李能的功夫。一次，李能在家练拳，客厅的地面青砖铺成。李能用右脚踩在一块砖上，脚后跟往后一揉，猛地往前上一带踢，青砖应声飞向空中。看似是用脚把砖蹭带出来的，实则是脚松到极致与砖贴合在一起，再通过腰裆的旋转，才能将砖踢飞起来。满堂的青砖都是一块紧挨着一块，虽未用泥浆勾缝，也是整如一大块。除非是在边角处一块一块地松开，否则，从中间就是用上工具撬，也很难撬起来。可见李能的缠丝劲了得。

"公案大概是这样的，五祖想传衣钵，让徒弟们作偈来看，若见真性，即传衣钵。

"神秀作偈曰：身是菩提树，心如明镜台，时时勤拂拭，勿使惹尘埃。

"惠能说偈曰：菩提本无树，明镜亦非台。本来无一物，何处惹尘埃。

"五祖认为惠能明心见性了，所以将衣钵传给了惠能。"

李能引经据典，侃侃而谈。他在省府工作，私塾科班出身，所以，学拳悟理要比一般人快，加上又肯下功夫，水宗一特别喜欢他。

"嗯，李能说得不错，这是禅宗上著名的公案，一般学佛悟禅附庸风雅的人都知道。"水宗一肯定道。水宗一教徒弟，不是一味地喝骂，而是有自己的一套方法，即肉夹馍式。上来先肯定，中间指出不足，下面提出正确的方向、要求和希望。中间的不足是肉，才是真味。所以，徒弟们都是心服口服。

水宗一接着说："不过，此段典故只是表面文章，酒桌上的谈资，文人笔下的书头，中药里的药引子罢了。"

徒弟们听得面面相觑。他们平时也听别人说过这个故事，都是赞叹。第一次听说这两个偈子仅是表面文章，有点愕然。

"寻常人都是赞叹惠能的悟性，般若之人嘛。懂得的人晓得，神秀说的是渐修，惠能说的是顿悟。但这都不是要点。关键的要点也在六祖坛经的文本里。"水宗一解释道，"坛经上是这样说的：'祖见众人惊怪。恐人损害。遂将鞋擦了偈。曰。亦未见性。众以为然。次日，祖潜至碓坊，见能腰石舂米。语曰：求道之人，为法忘躯，当如是乎。乃问曰：米熟也未？惠能曰：米熟久矣，犹欠筛在。'注意，要点出来了，禅意显现了。五祖问，米熟了吗？惠能答，早就熟了，只是欠筛。一个'筛'字了得，这个'筛'字才是要点。"水宗一强调道。

水宗一接着说："何为'筛'呢？用竹皮编成的布满网孔的用具，可以把细东西漏下去，粗的留在筛子上。去粗留精，就是'筛'。古人造字寓意十足。'筛'字从竹从师。竹子头还好理解，因为是竹片编的嘛。为啥下面是个师父的师字呢？你们想一想，我每天教你们是不是像筛子一样，把粗的不好的东西筛除，留下正确的精华。惠能这样禅意的回答，才有下面的事。'祖以杖击碓三下而去。惠能即会祖意。三鼓入室。祖以袈裟遮围，不令人见。为说金刚经。至应无所住而生其心。惠能言下大悟。'这是五祖开小灶，单独'筛'惠能一个人了。你们学拳要比谁被我筛得多，筛得越多，得到的精华就越多。练拳的过程就一个'筛'。"

"筛拳呀！"徒弟中有人发出慨叹。

水宗一说道："对，就是筛拳。刚才贾有道说要简化拳式，我看呀，也不是他一个人这么想，后来的人可能也会这么干。这是在害太极拳，在糟蹋祖先的艺和智慧。简化不如精化。家传太极拳6路共298个式子。现在精化成2路共145个式子。没有了任何边角废料，全都是有用的。外人或后人我管不着，今天我把话说在这里，凡跟我学拳的，必须传我的拳和理，拳式一点也不能减或变，拳理一句也不可改。若有违反，必逐出师门。"

"《坛经》禅机十足。佛教经书，汗牛充栋，但多数都是梵文翻译出来的，只有六祖《坛经》是汉人写的，称为'经'。后来的人写的只能称为'论'。可见《坛经》地位之高。惠能在家打柴为生，剃度后舂米为业。五祖独自在碓房中问禅于惠能。碓房就是捣碓舂米的房间。捣碓的目的，是把稻壳和米分开，然后再筛去稻壳和糠糟，留下纯米。这个过程实际上就是修炼或练拳的过程。先在外力（老师）大力捣碓下，打开外壳，剥离妄念冥行，扫除灰尘，显露出真心本体，然后，一步一步地筛，过大筛、过小筛、过粗筛、过细筛。六祖不识字，但打柴、舂米、筛糠的体悟开心智，有时比文字思想的感悟更直接更直觉地打通禅关玄窍。"

水宗一又说："开悟是啥？洞开，开窍嘛。开窍，就是打开筛眼子。筛子无眼无孔无法筛。我曾遇到一位儒家高人，就是以竹为师。佛说无漏。无漏对应是有漏，佛学中自有其道理。我这里借来戏说一下也无妨。无漏，不是没有漏洞，而是无物无理可漏了，也就是说所有的邪念、妄想、冥行，全都筛除了，甚至于连六祖讲的'无一物'念头都筛去了，去粗留精，去伪存真。筛去杂质，留下的是啥呢？留下的是儒之中庸、道之自然、佛之空性。其实，啥也没留下，都筛了。筛到最后，一片空白，又一片光明，打成一片了。啥都没有了，又啥都有了。想漏也漏不了，窍虽开也无可漏也，这才是无漏。太极拳式，自然一站，无招无式，却包罗万象，涵盖所有，任你从哪个角度、哪个方位、是手是脚、力大力小、是快是慢，都能顺应自如，随手化发。阴阳相济，周身一家，太极圆融，是身体练出来的无漏。

　　"人生也是个不断筛选的过程。亲戚有亲疏，非血缘之故，而是长时间相处筛选的结果。朋友有远近，非认识先后排序，而是遇事能否出手帮助的实践所择。

　　"我们练拳，练一年，三年，十年，所练的拳式看起来都差不多，但细节、内劲却不一样。练三年，筛眼大，练十年筛眼小了，越筛越细。有人刚开始练觉得收获很大，越练越觉得没感觉。这是因为刚开始你一片空白，说啥都是，再练就知道了对错，有筛眼了，不过筛眼很大，好筛，筛去的都是大的错误。越练筛眼越小，筛得越细。越筛越难筛。筛到后来，就无物可筛了。高手和俗手比，比的是谁会妙用。顶级高手比，比的是谁先犯错，不犯错，无漏，完整，是不会输的。"水宗一说着用手画了个圆。

　　抽了口烟，水宗一接着说："一个'筛'字能顶'学习'两个字。学是学，习是习，合在一起才完整。习则更重要，所以，王阳明留下的书叫《传习录》。有的人虽然活到老，学到老，但只学不用，似

154

乎也仅得情趣而已。一个'筛'字能顶'练打'两个字。有人只会练，不会打；只知练，不知用。拳不能打，练拳作甚？练不知用，傻练何为？而'筛'有学，有习；有分辨，有印证；有判断，有履行；有师，有棒喝；有己，有心得。迷时师筛，悟时自筛，得时与师共筛，所谓教学相长。一'筛'在手，夫复何求？错也筛，越筛越对；对也筛，越筛越精。邪也筛，越筛越正；正也筛，正中求精。魔也筛，筛尽妄想；佛也筛，留住本具。非也筛，筛去顽劣；是也筛，实事求是。筛到无法下手时，正好下手；筛到无处用劲时，才好用劲。筛去拙，拙力必笨；筛去紧，紧张必慢；筛去懈，懈必软塌；筛去硬，硬则生滞；筛去力，用力则妄；筛去散，散必不整。筛出刚柔相济，筛出意到必摧，筛出劲整周身，筛出掤转自如，筛出道术一体。筛到最后，筛出一身正气，筛出一团鲜活，筛出一片光明，筛出一以贯之。所有的招式既合道又显术，心身已经和天地中某种巨大的力量融合为一体了，意念一动，便可以调动和借助所有这一刻的力量，这就是无敌。心身一太极，心身具无敌。"

"太极拳谱云：双震脚先右倒掤，双手护胸再退掤。继续旋退三拗步，双脚跃起右膝攻。"水宗一说完，放下烟斗站起来。一个退步双震脚，右腿向右外画弧线往后退，左手在后，右手在前，双手都画弧圈跟着身形往后退。啪、啪、啪，退到第三下，猛然身子往前一个腾跃，接着身子往下一落，双脚同时"啪"的一声震踏在地上，落地生根，稳如山岳。真是手活好似鱼摆尾，身动赛煞龙腾渊。学生们都看傻眼了，眼傻了，心也傻了。眼傻了，是这个动作太美了，自然之极，却力量无穷。心傻了，是老师的一个"筛"字竟然筛出来这么精妙高深的道理来。听得如痴如醉。徒弟们功夫深悟性好的，

155

这番话犹如惊雷震荡三观，若细雨滋润心田。连喊好都喊不出来，心身都沁在其中，千回百转地贯通玄窍。功夫浅悟性差的，则似懂非懂，努力思考话中意思。

水宗一回到椅子上坐下来，刘辉忙给老师点上烟。此时的烟能让师父过瘾，更能刺激师父的话头。刘辉又给师父倒了杯茶，端了过来。水宗一喝了口茶，继续道："家传太极拳的母式是金刚捣碓。看看是不是暗合于禅意？有人说祖传太极拳是道家张三丰创，真是牵强附会。如真是道人所创，那叫啥金刚捣碓？金刚是佛门术语，系指法界中有一法是坚固无能截断者，但又因没有另一法可替代或毁坏的缘故，称这不可被毁坏、替换之法为金刚。再者，是指法器，也叫金刚杵。有杵才能捣碓嘛。既然是捣碓，再硬的东西都要能捣碎，因此，杵本身要坚固不可毁坏，要是不够坚固，硬物还没有捣开，自身先毁哪成呢。名叫金刚捣碓，一是取其势，二是取其意，三是取坛经典故。

"取其势，即取捣碓的外形。手法有前掤、引捯、右双採、左挤右按，左转身化拿等。步法有小正马步、右小盘步、左前虚步、左扑步、左侧马步、左大盘步、右前虚步、左独立步，最后右拳砸左掌心，右脚松震着地，完成捣碓。身法左、右、左、右、左侧转五次，向哪个方向侧转，哪个方向的腹股沟就要贴合着，这一方向的腰裆必须塌住劲。这是母式金刚捣碓一式七个动作的要领。既然是母式，就说明其他拳式皆从此式中衍化派生而出。

"取其意，即取金刚的坚固不可毁坏无坚不摧的意思。其心，既要像金刚般不可动摇，又要比飞鸟更加自由。不动或不动摇，说的是心意不妄动不自动，要如如不动。不动是为了啥？为了动。心不动是在听对方的劲力、方向、角度、大小、快慢、真假、虚实等，此时心意绝对不能动，对方给的力量也许是虚的、假的、诱惑的，不管出现啥情况，啥景象，都要按住真心。如轻易地动，就可能为对方所乘。一旦听懂对方的路数，动起来比飞鸟更快更自在。看起来是随曲就伸，实则有自己的主导，看起来是粘黏连随，实则是法度森严。

"取典故，就是先捣碓，再筛练。打碎松开，筛错留对，再贯通一气，身整一家，所谓一动无有不动。捣碎，即把金刚捣碓的一个动作拆分揉碎，精细研习。筛练，严守法度，筛除错误。一式定规矩，百式皆如是。

"既然讲到不动与动之理，那就说说如何动？一动无有不动，其要领在于内劲之动。我们日常走路、跳舞，也是一动无有不动。但都是外形四肢在动。太极拳中的动，是内劲发动起来，带动四肢外形，才是真动。保证真动，就是要做到该动的地方动，不该动的地方不动，保持住关键部位相对应的结构关系不变形，要掌握动的方法和不动的法度，方能做到一动无有不动。

"本家拳握拳打出的式子不多，式子名称也不叫拳，而叫'捶'。拳者，屈指卷握起来的手或徒手的武术。这个定义前一部分非常具体，后面部分高度概括。捶的意思是用拳头或棒槌敲打。'捶'字把姿势和发力的要领全包含了。太极拳中有掩手肱捶、进步掩手肱捶、下掩手捶、击地捶、指裆捶等。拳谚云，阳拳阴掌要命肘。三者中，拳的伤害性相对较小，掌大于拳，肘最凶猛。单纯讲拳或强调拳，容易破坏整体劲。本家拳挨到何处何处击，任何部位都能打击，身体的每个部位都可以进攻，单纯讲拳打击，偏离和狭窄了太极拳的真义。太极螺旋一圈，上下、左右、前后六个劲力全有。浑圆整劲，想咋用，就咋用，不管哪个方向和哪个部位，要发就发，随心所欲。

"太极145式，式式不离尾根，势势运用腰裆。手法上对了，错点，问题不大。脚扣得多点，少点，会影响发劲的效果，慢慢纠正即可。但腰裆合不住劲，左右侧转不准，不到位，再练也练不出太极功夫来。"

"那要是两人抱在一起咋办呢？"徒孙张华问。

水宗一道："好办呀。如果只会用拳头击打，抱在一起就没有办法了，最多用摔法。而太极拳中可以自然发出整体爆炸劲来，让抱你的对手五脏震痛而败。对方抱得越紧，就伤得越狠。所谓用腰裆打人就是这个道理。你来抱我试试。"

张华一直就想感受一下师爷的功夫，这次正好如愿。水宗一站起来，走到场子当中，自然一站，双腿弯曲马步半蹲，双手自然下垂。张华走到水宗一身后马步站稳，两臂合拢，十指相扣，将水宗一双手和身子死死地抱住。只见水宗一身子上下一拧一引，腰裆围绕脊柱旋转，尾闾一甩，"啪"的一声就如同捆炸一般，将张华摔出去一米多远，张华被震吓得出了一身冷汗。

"这是什么力量，我抱得那么死都抱不住。"张华问道。

水宗一说："劲在拳中，这就是你刚才练的裹身鞭。别的拳种也有破解被人从后面抱住之法——用肘。通常的肘劲是通过以肩为轴的转动来实施打击，而太极拳却是以脊椎为轴，腰裆螺旋打出的一股捆炸劲。用以肩为轴的转动来实施肘击，需要一点转动的空间和时间，但你把我的双手都抱死了，就很难用了。而以脊椎为轴，腰裆左右旋转打出的捆炸劲，却几乎不需要任何的空间，旋转即发，抱得再紧也能发，纯粹是身法带动的。腰裆左右侧转，螺旋开合，是太极拳八法劲力的身法之根，手法上的千变万化，劲根却在腰裆上。"

这时有个声音在问："王宗岳在《太极拳论》中说，太极者，无极而生，动静之机，阴阳之母也。这既是太极哲理也是拳理的总论，我想不能简单地理解。无极而生，好理解，说太极是由无极而来的，再生出来阴阳，所以是阴阳的母体。问题是动静之机。无极、阴阳等阐述太极哲理就够了，为啥要加一个动静之机呢？而且还放在阴阳之母的前面。动静，运动和静止嘛。可是，你常说，太极拳没有静止的死桩，有桩也是活桩。这不是和王宗岳的拳论相矛盾吗？"

水宗一哈哈大笑，头也不回说道："是李能在问吧，也只有你能问这样的问题。"水宗一能听出爱徒的话音，即使不说话用文字写出来，水宗一也能判断出来，只有李能才有这样理论水平和功夫心得提出这样的疑问。

过去，师徒见面，徒拜师要献见面礼，但徒弟担心怕拜错了师父，借着请教师父之机，猛然出招，名义上是请教老师如何破，实际上是考（烤）师父。用猛火烤一烤。师父破这一招必须干脆利索狠，又准又狠。打得越准越狠，徒弟越服气。准是功夫，狠是规矩和训斥。等到徒弟出师了，要摆谢师宴，席间，师父要也出一招最后一次考（烤）徒弟。徒弟此时不但能破解且要能打上师父一捶，这叫谢师捶。能打上师父一捶，表明徒弟的功夫超过师父了。徒弟打上的一捶，越巧越轻，老师越欣慰。巧是功夫，轻是内敛和敬畏。

水宗一答道："李能这一问，问到根上了。也是'烤'老师的一招，当然这是文考，不是武烤。武烤早烤过啦，李能和我推手盘架子时间最长，挨打挨得多了，学得就多，功夫也高，久病成良医嘛！

武烤易解，就是一招半式，属于‘术’。文考难过呀。文考考的是‘道’。我华夏武林功夫高手如云，草莽、屠狗之辈更多，对武术的磨炼远远多于对武学法、理、道的探索和升华。而对大道研究深入的文人雅士，虽能口吐莲花，下笔千言，引经据典，怎奈身上没有功夫，所说之道理难免是隔靴搔痒，文学夸张的多，落到实处的少。这文武两张皮的现状，使得很多功夫因人死而失传，很多传下来的文字却是以讹传讹。

"我在大儒刘子岳处学到很多武术之外的东西。古人说‘功夫在诗外’，真是良言呀。其中一项就是对拳谱、拳经的解读，一旦对某词、某句有吃不透的，立刻查《说文解字》来搞清楚词字本义。知道了本义对应于自己身上的功夫，练时、推手时、运用时的实际状况，得出的解读就比较正确了。我用此法也破解很多拳谱、拳经上的歧义误解。

"王宗岳是论太极拳，不是太极。阴阳是太极哲理，动静是太极拳拳理。动静之机，阴阳之母。哲理指导拳理，拳理体现哲理。在论拳，自然是动静之机在前嘛。放在全文的前面是总论，要涵盖全文，所以其义必精深广远，不是简单的字面解读可以理解的。

"‘动’字好理解，动作，动力，运动嘛。但也不是简单的乱动乱晃，而是按照太极拳的规矩来动。‘静’字含义更深，误解误读的最多。‘静’不能粗浅地理解为安静、停止，而是要从‘静’字的原始义来分析。《说文解字》里说：‘静，寀也，谓粉白黛黑也，采色详寀得其宜谓之静。考工记言画缋之事是也。分布五色，疏密有章，则虽绚烂之极，而无溇涩不鲜，是曰静；人心寀度得宜。一言一事必求理义之必然，则虽繇劳之极而无纷乱。亦曰静。’静，从青从争。

160

青，初生物之颜色；争，上下两手相对较劲。注意！争意呀。静的本义是彩色分布自洽不乱。静，不受外在滋扰而坚守初生本色、秉持初心。色彩分布自洽，在太极拳上就是虚实之劲力分布自洽，并保持住这种合适的分布关系，才是静。

"我将'静'字的本义说清楚了，动静之机也就清楚了。'谓粉白黛黑也，采色详宷得其宜谓之静'，太极图中的黑白鱼大小头相对应的关系就是静。'则虽緐劳之极而无纷乱。亦曰静'，太极拳81个式子，多少个动作呀，但动作再多练得再快也不能乱，手、脚、腰、裆之间相对应的结构关系，必须运动轨迹清晰，方向、位置、角度等准确无误，这才是静呀。动，人体之间相互位置关系变化了；静，人体之间、整体与部分之间，在持续的运动中一直保守着某种不变的对应关系和性质。对于太极拳来说其性就是螺旋，其躯干与四肢相对应的结构关系，要保证螺旋的要求。也就是说，在运动中，虽然全部在动，但必须遵循的结构关系不能被破坏，仍然保持核心螺旋结构应该的对应关系状态。静字中含争，说明静的状态是两两相对相反的力量，通过相互运动而制约出来的。明白了吗？"

水宗一见不少学生一脸茫然，于是接着说道："比如，打乒乓球，球拍要保持一定的角度。这个角度有两个作用，一是保证球接触到球拍后能反弹到对面的球台上，角度大了，球就飞了，角度小了，球过不了网。二是这个角度能将球准确地反弹到对方的球台上还不行，因为，对方可以接住再反回来。所以，这个角度还要能将撞在球拍上的球拨动回折成一个弧旋形线路，让对方接不住才能赢。要达到这种效果，握球拍的手、小臂、大臂和身体躯干要保持住一定的角度和对应的关系。手、小臂、大臂和躯干这种对应关系，不管身体如何移动，对应关系和相对的位置是不能动的，一动，球拍的角度就变了，就打不上了，或打上也出不了弧旋。身体的前后左右移动，为动；手、小臂、大臂和躯干之间不变的对应关系，为静。

"再举个例子吧。地球绕着太阳转，转一圈是一年，地球自己也转，转一圈是一天。但地球绕着太阳转的轨迹不能变，地球自转的中轴斜率不能变。地球绕着太阳转为动，地球保持与太阳不变的相对应关系为静。地球自转为动，地球中轴斜率不变为静。正是这个静，才使地球、太阳之间的运动出现了规律，四季轮回才可以准确预测。练太极拳就是要守住腰裆侧转、手臂公转和自转之间的角度和对应的关系，动才有功。否则都是乱晃乱动。清楚要动的部位所动的轨迹，和'不动'的部位不变的对应关系，保持住相对应的关系而动。只有守住这个静，正确的对应关系，动才有意义和作用，缠丝劲才能练出来。

"《太极拳论》再往下来接着一句就是：'动之则分，静之则合。'分合就是开合，开合二字足以概括太极拳。也就是说，动是开，开是动的方式。静是合，合是静的方式。开是螺旋拧开，合是螺旋裹合，但要做到螺旋，必须在开合运动中保持身体某些关键结构相对应的关系不变。开合收放同频同步，相反相应，左右联动。上下同步相随，左右相反相应。因此，太极拳的动静用开合来具体表现。需要特别强调的是，太极拳的开合不是直来直去的打开和合上，而是螺旋弧线拧开，螺旋裹合，保持住四肢和腰裆不变的对应关系为合住。这就和静字的原义合拍了。理解'动'字就能理解拳，读懂'静'字才能正确理解太极拳。'静'必须在'动'中守合住关键骨架结构相对应关系不变的法度，在上下、左右、前后三对相反相成的劲力动态平衡中表现出来。无动之'静'是死态、死相。人们常说，那人一脸死相，指的就是无动不活。无'静'之动是乱动、瞎动。只有'动'的轨迹和'静'的结构统一了，螺旋劲才能出来，这也是太极拳区别于其他拳的标志。守住这个'静'动起来就不一样了，动出来的是太极味，动出来的是太极劲。练成太极功，可以随心所欲地动，但所有的动不能逾越这个'静'规矩。太极拳的活，就活在这不变的对应关系上。所以说，太极拳有桩也是活桩，如三换掌。太极拳的功夫不可能在基本功或单式子中练出来，因为，在基本功和单式子中，静的对应关系容易守住保持。搏击时要面对高手，外来的负荷、打击瞬间千变万化。在动态中要守着'静'的结构性对应关系则难，这个只能通过练套路，盘架子，推手来获得。在套路运动中，在与对手的推手互动中，才能练成和做到。在任何情况下，螺旋性要求的对应的结构关系不能被破坏，不能变形。从这个意义上来说，练拳中'动'之分和'静'之合同时存在，'动'不离'静'，离了'静'，动不出来功夫。开不离合，合不住，就开不出来劲力。'静'是对'动'之结构的一种规范，合是对开之劲力的一种积蓄。

"动静之机懂了，太极拳中很多的术语，你就不会误读、误解了。那些简单的口语行话，也只有放入'动静之机，阴阳之母'这个大逻辑之中，才可能被悟开读懂，除此之外的文学想象，歧义夸张，牵强附会，只会误导思维、走向歧途。

"很多人在看得见上下功夫，练拳掌的硬度，腿脚的速度。但对看不见的就不重视了，因为看不见，所以就认为没有或无用。但我告诉你们，真正起作用的是看不见的。古人说'鸡三足'，鸡有两足，左足和右足。当我们说鸡足时，既不是指左足，又不是指右足，而是指涵盖两只足的抽象意义上看不见的足。两只实足加一个'虚足'，才是鸡保持平衡自如的关键，从而形成'三'的格局。人们平时只注意两只实足，忽视那只'看不见的足'，这只'虚足'，是实足之间的关系，是机理。当然，这只'虚足'不能单独存在，必须有两只实足作基础。

"武术，门派众多，但上升到武学的高度，则不多。武学，不是坐而论道牵强附会的嘴上哲理，那样的话，表演还可以，一旦实战，则手忙脚乱。别说什么'无为而治''后发制人'了，就连'单鞭''青龙出水'等具体的招式也用不上，乱舞王八拳，打到就算，打不到就跑。所有的拳理必须能变成具体招式应敌于面前，不可有半点虚假，切忌讲一些不着边际似是而非的所谓拳理。也不存在什么高深莫测的'心法'，即使有，'心法'也靠具体的'身法'支撑着，不可能单独存在。"

水宗一一口气说了这么多，徒弟们听入迷了。其实，地球的公转和自转他是听刘子岳说的，乒乓球是他观察到的，早就仔细地研究多时了，今天信手拈来比喻太极拳理，自觉甚是恰当。

见李能问问题而得到老师的表扬，众徒弟中程得成也想表现一下，见有话缝便问道："老师，王宗岳拳论上说'双重则滞，偏沉则随'，双重如何是错？偏沉是对是错？如何沉？"

"喔，是得成在问吧。"水宗一说道，"太极拳螺旋缠丝，围绕着身体中轴做"S"形螺旋。支持和保证完成螺旋运动的包括双膝、双裆、双胯、双腰、双肩、双臂、双肘、双手、双眼。双字很重要，之所以重要，是因为太极拳最为重要的法度——不能双重，'双重则滞'嘛。双一定是二，二不一定是双。双还有一层意思，即一对都是一样的，对称性的。九个成双的人体部位，都是左右对称分布在同一条水平线上。身体中轴和'九双'形成一个主动力螺旋。让'九双'围绕中轴螺旋起来，才能产生掤劲。不动步时，脊柱不能移位或上下不在一条线上摇晃。动步时，脊柱移动的方式是弧线。双脚靠脚后跟内侧是接触地面的主要部分。双膝只能做上下的提坠运动，不能左右摇摆。提膝化力，坠膝发力，膝只做支撑体重，传导力量，不能让力作用在膝盖上。上下提坠是保证形成螺旋，避免腰裆出现平转。在一个水平线上转动产生不了螺旋，只是平转，也形成不了复合的螺旋劲力。里为裆，外为胯。但双裆、双胯的运动方向左右相反，高低、前后相错。松柔裆内大筋，才能旋开外胯。一边松塌合住内裆，另一边必螺旋撑填拧开外胯，反之亦然。左右双腰随裆胯的开合运动而左右侧转。双裆、双胯、双腰是形成螺旋的关键所在。双肩任何情况下必须松开。双手运动复杂需要单独讲。双重，一是指出现了两个中轴或中轴不在一条与地面垂直的竖线上，如此就无法螺旋了。到了高深境界，双眼都要分虚实，不能双重。二是指人体虚实是"S"螺旋形分布。下腿重实则同侧的上手必轻虚，下腿轻则同侧的上手必重。这正好形成"S"形上下两个半圆的左右分布格局。双腿、双手虚实成交叉分布，转动皆是合着裆劲向着逆缠坠膝的腿螺旋下沉，偏沉则随嘛。偏是偏重，重是虚实轻重之重，不是向一侧偏斜倾倒。随是向着脚踵螺旋着跟随。沉是螺旋形松塌而下。我们理解文中句意，既要了解每个字的本义，又要结合上下文通篇整体语境，如此才能准确。仅从字面来思忖，容易偏颇。有人一看'双重则滞'不对，那我就来个单重吧。又有人造出来双轻、双浮等不知所云的概念出来。这些都是片面理解的结果。

"'双重则滞'后面的一句话是'每见数年纯功不能运化者，率皆自为人制，双重之病未悟耳'。双重的结果是'滞'和'不能运化'，'滞'，凝也，是说水凝为冰不能流动。综合上述，可以得出不能流动或螺旋的就是双重，除此之外，都不是双重。人站在地上，与地面的接触点越多越稳，三个支点或四条腿肯定比两条腿稳，既然说双重是病，那就单重吧。重量都移在一条腿上，这是小么子的思维，关键是一条腿能稳吗？双重，如果有对称的反义词的话，也不是单重，而是单中，双重则滞，单中则转嘛。也就是说，避免双重之病，是保持住单中，即只能有一个中轴。所有能螺旋的也只能有一个中轴。这个中不一定是人体的物理重心，它是中庸的中，是靠四周来确定的中，这个中是不能摇晃乱动的，又是随时变化的。

"古代骈文讲究两两相对，讲究对仗的工整和声律的铿锵。拳论中这段话是四句：'立如平准，活似车轮，偏沉则随，双重则滞。''立如平准'，重点是'立'，身体的中轴稳定，保持与地面垂直，像天平一样，左右平衡，这个平衡不是死平衡，而是活平衡机制。靠双手双脚协调来实现，即动态的权变平衡。控制活平衡的方式：双手的轻重远近，双腿膝盖提坠。手膝如砣，提膝可以化力，坠膝可以加强自身的稳定和发力。这句对应下面的一句是'偏沉则随'，'偏沉'是螺旋的运动方式。如果别人在你的左边或者右边加大了力，天平就会向一边倾斜，这时要保持平衡的办法，一是在另一边加大力量与之抗衡，显然这不是太极拳的做法。二是在倾斜的方向随着，在反方向提膝化着，随着是顺而不从，边顺随边把对方的力卸化于脚下，同时，腰裆螺旋，坠膝发力，通过手部的角度和转动将力量折返给对方。

166

"'活似车轮'重点是'活',车轮是比喻和形容'活'的。身体保持随遇平衡时,必须像车轮一样旋转灵活。这句对应的是下面一句'双重则滞'。保证车轮旋转灵活的前提——只能围绕一个中轴旋转。身体上下、左右、前后形成一个太极图里融合阴阳鱼的'S'形虚实轻重分布,这样的分布状态才能保证螺旋。再看后文,《太极拳论》中接着给出了治病的方子,即'欲避此病须知阴阳'。'单中'保证车轮不'滞','S'形虚实分布保证螺旋活起来,'偏沉则随'保证了不顶不丢,是螺旋状粘黏连随,这样才能做到即化即发,直线的粘黏连随是无用的。太极拳中的阴阳,非直线分割的死的半阴半阳,而是螺旋开合的活阴阳,是'S'形虚实反对称融合之阴阳。左下小轻虚,右上一定要大重实。右下小轻虚,左上一定要大重实。往右螺旋时,松塌裹合右裆,微提右膝,同时,左膝下坠,左胯向右拧开撑填,左腰向右旋拧,肌肉收缩发力。反之亦然。"

"是先明白拳理再练好,还是先练再悟拳理好?"远处一个略带点颤抖的声音传来。水宗一一看是刚学拳不到两年的徒弟陈默。陈默人如其名,平时少言寡语,练拳做事,都不太出声。练拳很下功夫,但出功夫慢。

水宗一答道:"太极拳有道、理、法、术、功。道非一物,玄而又玄,不可言说。能说的是拳理,就是拳术的内在之理。太极拳理不仅是用来说的,更是用来做的。法,是法度,规矩。要完整地做出理来,必须遵守的规矩。术是具体技术、技巧。功是功夫,只有功能合道显术,守法遵理。

"刚才我说了六祖惠能,还有一个是神秀。惠能是顿悟的代表人,神秀是渐修的实践者。顿悟派认为,道是整体不可分割,因此,领

167

悟也不能分阶段实现，必须顿悟，一下子站到极点高度，遍览全貌。顿悟派适合艺术追求。渐修派认为，通过逐步、有序的修炼，分阶段领悟也能达到圆融境界。渐修派适合知识积累。我的理解是，顿悟，悟的是道。悟道后，因遍览全貌了，再来练术就相对容易。这个对人的根器要求非常高，需上上智才能为之。渐修，修的是术。修术按部就班，前面练不成，后面没法练。这个对人的耐心要求非常高，需要下足功夫才能为之。因此，修炼太极拳有好几种路径。一是先悟后练，这个很难，多数人追求的就是这个。不过，悟性高，参得快的人，不容易吃苦，理上虽通，身上不一定通。这种途径关键在练。二是先练后悟。日本人学习就是这个路径。学时只管练，不问为什么。练到一定程度理上一点就通了。这种途径关键在师父，师父教得对，苦练出真功。师父二把刀，苦练累煞腰。三是悟练一体，随悟随练，随练随悟，悟练一体，不分先后。以悟导练，以练开悟。

"开悟，不一定要在拳中，只要有心，日常生活的各种现象皆能给予启发。比如推独轮车，用的就是腰劲。比如推磨子，在推到离你最远的那个点（或拉到最近的那个点）之前要加大点力，这样有助于磨子旋转得均匀，螺旋转关处也是如此。'正手圈'画到手心朝左肩转关向右逆缠外开时，就要先向左加大点力才右转。平时我们吃饭，也能看到太极拳理的运用。筷子夹菜，伸出去，夹回来，就是正手圈，意是想夹菜，用力不大不小，把菜夹起来正好，身体不左右摇晃。逆缠伸手，顺缠收手。筷子长七寸六分，暗合人七情六欲。双木好夹，独木难为。一双筷子分阴阳和虚实，有动有不动。手拿筷子，太靠前，夹力增大，但容易油手烫手，也不卫生。太靠后，夹力小，夹菜易滑。拿在约四六分处正好。这就犹如拿刀挡磕对方兵器，用刀头去磕，嫩了，磕不出去。用靠近把手的刀尾磕，老了，对方的兵器容易攻进来。只有用刀身来磕才行。一双筷子，上面的一支筷子为阳，为实，需动，下面的一支筷子为阴，为虚，为静，不动。

"曹雪芹有诗云：'谁解其中味？'练拳不是读书，读书理解意义即可。练拳不但要理解意义，更要体验滋味，在自家身上体会，才能练出味道来。舌通于心，气味、意味、玩味、解味皆是触于体而入于心。练太极拳要练出太极味来才妙。这个味，含着太极之理的道味，拳法之法度味，拳术之刚柔味，合在一起就有劲力的螺旋缠丝味。有人说太极拳练的是整劲，整劲非太极拳独有，少林拳的冲拳，西洋拳的勾拳，打击时都是全身合力的整劲。就是日常的推车、推磨、挑担子也是全身的整劲。太极拳有整劲，但整劲不是太极拳。能打出整劲来不稀奇，能把整劲用螺旋的方式发出来，才是太极拳。不懂螺旋力，莫称太极拳。练出缠丝劲，才出太极味。"

女徒弟周倩问："如何是四两拔千斤？"

水宗一说："首先要明确，四两拔千斤，用的是比喻说拳理，不是具体用法。世人皆能言四两拔千斤，却忽略了前面的'牵动'二字，全句应该是'牵动四量拔千斤'。牵字，本义是牵牛，牵制。牵动就是引化。牛力很大身体又很重，如何牵动？牵关键部位——鼻子。牵住鼻子就牵制住牛了，牛就会乖乖地听从你的话。拳者，权也。所以能称出对方的轻重。怎么称呢，用四两的秤砣拔起千斤重的物体。注意，这里是'拔'不是'拨'。'拔'是拔起，'拨'是拨开。太极拳发人都是通过缠丝劲将人连根拔起来，而不是左右拨开、前后推搡地使人跌倒。当然缠丝劲中有左右的劲，但那也是合到了前后、上下劲力中的浑圆劲。'拔'是断其根。'拔'是向上竖着，拔的是重量，是一种道理。'拨'是左右横向的，'拨'的是力量，是一种手法。太极拳的八种方法：掤、捋、挤、按、採、挒、肘、靠，没有'拨'。你们平时练的基本功——拔井绳，就是这个'拔'。能把一桶水，从井里打上来，靠的是腰裆的侧转和开合，手在这个过程中只起到抓住井绳的作用。四两能拔起千斤来，则取决于秤砣在秤杆上的位置。因此，这句话的要点是，所有发人之前，必须在顺从对方时牵动引化一下对方，将自己的'四两'放在关键的位置，通过双膝的提坠、腰裆的螺旋就能拔起对方'千斤'劲力和身体之根了。这里面有两个关键点：一是牵动，没有前面的牵动，后面的千斤就不一定拔得起来，牵动是干扰、计谋，掩盖真实意图，将'秤砣'调整到适合自己的位置。牵动是顺引式的牵动，不是硬牵。即顺着对方来力的方向牵，让对方之力或身体稍过一点，再视对方的反应，或前或后、或左或右地将对方发出去。当然，对方力大了，就要加上提膝化力，这是为辅的。二是腰裆的侧转开合。主要是腰裆螺旋起作用，这是为主的。高手可以不用手就完成牵动四两拔千斤，把人发出去。太极推手，比的就是这个，身体因被拔根而倒。不是比拙力，拙力是死劲，而是比智劲。智劲是活劲。智劲是智慧化的力量，是指劲力的方向、角度、力点位置、双方在此时此刻的状态关系等。劲力一旦智慧了，敏感了，只要通过自身重量的螺旋缠丝，加上手的一点引导，就能发出对方。这就是王宗岳在《太极拳论》中所言：'察四两拔千金，显非力胜，观耄耋能御众之形，快何能为'的原理。当然，'显非力胜''快何能为'不是否认'力'和'快'，而是说不仅限于力的大小和速度的快慢，更在于太极拳独特的功法和技巧上。

你本身绝对力量就大，出手又快，加上太极拳独特的运动方法，那就更厉害了。就怕你自恃本力大而笨拙使用，不会放松，不会用智。不是说力大不好，用关键位置四两的力就能解决问题，何必用笨拙的大力呢？我就没有见过谁攒着全身劲力憋得满脸通红地去用筷子夹菜。当然，大力在四两后面蓄备着更好。

"很多人误解拳论，本来人家胳膊肌肉粗、本力大，说啥要把肌肉练没了，才能练太极拳。还有理论说啥太极拳练的是纵向肌肉，不是横向肌肉，所以不需要肌肉鼓鼓的。太极拳练的是螺旋缠丝，肌肉横的纵的，大的小的，深的浅的，都能练到。不光是肌肉，全身上下，从天谷到会阴到涌泉所有的穴位、脉络、筋、膜、气、血管、内脏等都能得到锻炼。这就像妇女坐月子时吃鸡补身子。这只鸡要全部吃了，包括鸡汤在内也要全部喝了，你不知哪颗油珠子里有身子需要的营养，贸然倒掉这颗油珠子，可能这只鸡就白吃了。这是全营养，完整的营养。平时你们也问，练单式子可不可以，当然可以，但练单式子是练不出功夫来的。单式子，基本功，只是在强化你身体部分的功能，就像中医治病，阴虚补阴，阳弱补阳，补上不足达到平衡，病就好了。补过了，也不行。要出功夫只能练习整体套路，奥秘和功夫都在套路里。只有螺旋缠丝的全身反复绞拧，才能出功夫，才能健身。你不能看到几个练太极拳的老者，功夫很好且都是瘦小的，于是就得出太极拳练出功夫的必须是没有肌肉瘦小的人，也许人家本来就是瘦人，胖子练出功夫的也有很多。这些是智障。很多瘦子练太极拳都出功夫了，这是事实，但这句话反过来就不成立了。我爷爷的本力就很大，他 70 岁时，可以双手轻松地举起一个近 200 斤的胖子。"

有徒弟问："为何是用意不用力？"

水宗一说："'用意不用力'要放在太极之理中来分析其特指的含义。这里的'意'指的不仅是一般意义上的意念或意识，更是特指太极拳的意，即太极意。那么太极意是什么意呢？太极意指的是太极拳规律性的动作——螺旋轨迹，绝对不是一般性的意念引导动作，或将对方发出去的空想。

"太极意是阴阳旋转，在阴阳转化的过程中完成发力。能完成阴阳相济只有身体系统的'双螺旋'运动。所谓'双螺旋'，一是以两条腿和身体中轴所形成的'主动力螺旋'。二是以双手和双肘形成的'作业螺旋'。'主动力螺旋'靠双膝的提坠，双裆胯的开合，腰胯的旋转等来实现其螺旋运动，提供动力。'主动力螺旋'时上下幅度小，左右角度大。中轴既不能移位也不能摇摆。通过左右侧转来提供强大的动力和能量。'作业螺旋'是公转加自转。双手的螺旋方向正反皆可，合时两个中指的方向一致，分时则相反。'作业螺旋'是'主动力螺旋'的延伸，'主动力螺旋'通过左右侧转上下纵向地提供动力，'作业螺旋'通过双手螺旋可以千变万化，将'主动力螺旋'的纵向动力根据实际搏击的需要改变成左右横向或前后直向或斜向。双手做分合、固定、缠绕等公转加自转动作，手上并不需要用多大的力，其力只要能完成缠丝动作即可。'作业螺旋'主要是缠绕、固定和传导'主动力螺旋'出来的系统架构性劲力。'主动力螺旋'为主，'作业螺旋'为辅。'作业螺旋'是在'主动力螺旋'的动力基础上起作用，而不是相反。'作业螺旋'可以引导'主动力螺旋'，但不能违反'主动力螺旋'，这两个螺旋实际上是一回事。一个劲，一个中。'作业螺旋'长在'主动力螺旋'上面。因此，'用意'指的是双螺旋的动作和运行轨迹。除此之外，别无他意。

"太极意，将太极思维逻辑的'双螺旋之理'（知见之智）练成身体直觉性的'双螺旋之动'（劲之智），太极功夫就算练上身，'双螺旋'成为身体的本能反应，此时，用意亦是指独特的'双螺旋'下意识。

"'不用力'是针对太极拳螺旋运动特点来说的，专指局部本能应急反应的力量。只要用局部的力，就会在局部产生紧、僵、硬，从而阻碍全身系统整体螺旋劲力的形成和传导。以局部抗击对方的局部或整体的力，除非天生神力，否则很难赢对方。只有不用局部力才能保证有效地完成完整的'双螺旋'动作。不用局部力，不是说不需要力，而是为了保证'双螺旋'动作的高质量完成，只要'双螺旋'动作有效完成，自然就会产生出比'局部力'更强大的系统整体螺旋力量，即太极劲。这个太极劲比局部本能应急反应力更强大，更灵巧，更智慧。所以，'不用力'是戒掉使用局部本能应急反应力。这样就能更好更合理地使用螺旋动作所产生出来的系统整体的掤劲。这和'不起肘'的戒律一样，'不起肘'不是不用肘，而是通过'不起肘'来更好地保证力量的有效传导，是为了更好地使用肘。"

"做螺旋动作不是也需要力吗？"另外一个徒弟接着问。

"没错。"水宗一目光中流露出赞许的神情接着说，"侧转、公转和自转也需要有力量的参与，这个力要多大呢？练拳时，其用力大小的临界点是，再小一点就保证不了螺旋动作的有效完成了。在这个临界点上，不能刻意地再加大力量。实用时，则根据太极功夫的高低程度而定。功夫不高者，螺旋的圈子就大，力量就要大一些，大到什么程度呢？大到保证在有外力负荷下螺旋动作仍然能有效完成。功夫高深者，螺旋圈微小。不管外在负荷有多大，微微一旋就将人发出。韩复榘的保镖，我用食指一旋戳，他也跌出。这微微一旋，和日常使用筷子夹菜一样自然如如，感受不到力量的参与。夹菜时我们感觉不出需要用多大的力，或者说这一点力相对于巨大的太极劲而言可以忽略不计，因此才说，用意不用力。"

有徒弟问："太极拳，言必称阴阳，离开阴阳就说不成话了吗？"

水宗一道："能呀！正反合。正，世间天地万物一切可见的真实，实者。反，偏也，相对于正是一切不可见的幽暗，虚者。合，正反，心身，融中者。正中反，反中正，兼中合。太极拳实则无拳，何为无拳，一是术。81式里真用拳的不多。二是道。心外无拳，与敌搏击时，不是基于拳，而是心念和掤劲的妙用。心念上的不惧，必胜。用意，动心。舍己从人，随曲就伸。挨到何处何处击，牵动四两拨千斤。劲力已经智慧化了，浑身都是拳头，拳头含着全身。

"正中反，无反难悟正之真。

"反中正，空无才有容物心。

"兼中合，虚实浑然无可分，无心无作风里春。老百姓俗话说，骂人不带脏字。我一个阴阳也没有说，却处处都在说阴阳。"

有徒弟接着问："太极拳是道家的吗？"

水宗一说："祖传之拳，不是道家的，但里面包含一些道家的东西，也有一些佛家的，比如金刚捣碓。老子追求去'智'，是去掉短视的世俗小聪明，即术智，自然抱朴中守着道智。太极拳亦如是。顺随、引化、螺旋、借力等只有上上智才能理解和练成。家传太极拳是先祖所创，又非先祖所创。是呢，确实是先祖创出来的。非呢，这里面包含了一代又一代武林才俊的探索和心得，不是一人之力就能凭空造出来。武术和文化，都是人们在生活和工作的实践中产生。实践时的对错体验，对于一般人就是普通体验，对于有心之人来说，就能从中悟出务虚的理论来。实践产生理论并检验理论。阳明先生的知行合一，其中有一层含义，就是恢复人们的真实状态，不去分割知行，不去分割先后。我曾向大儒刘子岳请教过。据刘子岳根据史料和我给他说的拳理，演示的拳架考证，我认为大概的轮廓是这样的：'太极'一词始见于《易传》，孔子注释过。宋代大儒周敦颐推出了《太极图说》，张载又完整地解释了天地、阴阳、五行与人的关系，使得太极理论大兴大盛。又经明朝王阳明'知行合一'经世致用的熏陶，使得这一理论在先祖那里与武术结合而产生出太极拳来。也就是说太极拳以儒家为主，辅以佛道。但社会上很多人都认为太极拳是道家的，这样的话就会纠缠不清，莫衷一是。今后再有人问太极拳是哪家的？你们就回答，是汉家的。太极拳是汉家艺，理中悟，身上找，悟通找到方为了。理上一说一套，身上没有，嘴把式；只晓得死练，理上不通，傻把式。妄念和冥行都偏了，知行合一才出真功夫。"

有徒弟问："拳有心法，心法大于身法吗？练拳究竟练什么？"

水宗一答道："练拳练的是身心，练实又练虚。练实是基础，练虚是神明之境界。练实就是练身嘛，骨、肉、筋、膜、气、血、脏器等。太极拳独特的螺旋缠丝，转着圈的松、紧、柔、刚反复绞拧，全身没有一处练不到。因此，说练筋或练气或练膜，也不算错，只不过有点偏颇狭隘。太极拳练的是全身的整体系统。练虚就是练心，这里的心不是指具体心脏，而是指心窍、心智，是王阳明的'心学'

175

之心。拳或拳的延伸刀、剑、枪等器械，都是搏杀之术，不过用拳用剑的是人，是人就会有心理活动，人的心理状态直接控制着拳的力度、速度、角度、弧度等。心里一害怕，技术练得再好也用不上。功夫练到一定程度后，心灵层面的修炼远重于具体的技术。但又不能脱离具体的技术来说心。心法，对心的修炼可分为心意和心态，心意指导动作和内劲运动，何时、用啥招式、多大力、作用到何处等都靠心意。心态是加强或减弱心意的。练武的讲究武德，讲究天人合一，讲究参功悟道。从拳中领悟的心法，又可以贯通到一切事物上，拳理通万物之理。"

有徒弟问："拳中道术如何分合呢？"

水宗一道："《易经》有云：'形而上者谓之道，形而下者谓之器。'我试着加上三句话：'形而中者谓之心，形而内者谓之理，形而外者谓之势。'道术一体，道无术则不显，术无道则不高。这个道理太大了。我讲讲自己加的三句。道嘛，不可说；器嘛，也说不尽。那就加个中吧，有了中，可以合上下和内外嘛。这个中就是心。有了中心，道在内就是理，道不可说，拳理必须可说，且要说得清楚。术在外就是势嘛。术是靠一个姿势连接下一个姿势的变化而表达出来的。这个中心非常重要。传统的拳术中有不少就是用心来命名的。比如少林心意把，心意六合拳等。王阳明叫'心学'。儒家的黄中就是心窍。开窍就是开心窍。佛家传正眼法藏靠心领神会。内在运行之理，外在变化之势，全在一心。练太极拳开的心智。太极拳守住中心通过螺旋缠丝，把上下、左右、前后、内外，全都螺旋为一，心身合一。心窍一开，则道术合。合则圆，圆成一。一如果不是圆成的，不叫一，那就是一横而已。直上直下、或左或右的竖横，是低级的直线的。太极拳的螺旋，涵盖了天地之大，六方之位，瞬息之时，道术之妙。往外发时，是从中心向四周的爆炸；往内收时，是四周向中心的摄敛。只有这种靠心念带动的特殊的运动方式，才能把道、理、术、器、势和合起来。我们多数情况下说的'道'为泛泛之道，脱离具体'术'的道，我现在讲的'道'，存于具体'术'中，不能脱离具体的'术'，不能空空运行，又高于具体的'术'，从具体'术'中升华出来，这才是真道，实道。

"儒家追求天人合一。天人合一是最高的境界。天是啥？自然界看得见的是天地万物，看不见的是天道玄空。前者好办，我们天天都活在天地间，融入就是了。关键是后者，对于我们个体来说，能接近道的只有艺。为艺之道才不是空道。唱戏的有句话，戏比天大。因此，戏就是唱戏的天。练拳的也是如此，武艺近于道，拳就是天。入规矩前，拳是拳，人是人；合了规矩，拳人合一，拳和人向一体交叉靠拢了。拳非拳，人非人，拳中有人，人中有拳，举手投足间都符合规范。再到脱去规矩，拳人合一，自觉自然了。人就是拳，拳就是人。一动，人拳俱在，又人拳俱忘。怎么动，怎么是；想何如，便如何。如风摆杨柳，似云卷云舒。似舞非舞，忽隐忽现，臻于化境，这才是天人合一。"

有徒弟问："力和劲一样吗？为啥太极拳叫缠丝劲？"

水宗一答道："这两个字有时意思是一样的，有时则不同。力，筋也，像人筋之形。《说文解字》上说：'人之理曰力。木之理曰朸。地之理曰阞。水之理曰泐。'很明显力是客观存在的效能，人、动物本具。力是人体筋骨之理，力是有理可循的，这个理是顺应人体筋骨结构的，而不是逆反。所以，大家今后再看拳理时，要学会辨别真伪。凡是违背人体筋骨之理的说法，皆要质疑。比如，有人教学生，发劲时让尾闾往身体前兜，这明显违背人体筋骨之理。人负重挑担子，动物撕咬打仗，都是尾根往后翘，不后翘发不出最大的力。力强为劲，劲是加上了主观意志的力。这从劲字的组词就可以看出来，像劲头呀，干劲呀。劲中可以含着力，力中不一定包含劲。太极拳的缠丝劲，通过腰裆螺旋而产生的缠丝状智慧劲，最为巧妙和省力。"

有徒弟问："前发后塌怎么理解？"

水宗一答道："前发好理解，后塌则歧义多。后塌，塌啥？如何塌？后塌，外形上塌的是后膝盖，内里塌的是裆劲。塌住裆劲才好侧转发力，下塌后膝，才能有向前向上的拔根缠丝劲。画'正手圈'收手时，要下塌外碾。腰裆侧转时，要松裆塌劲。这里面都有一个'塌'字，可见'塌'很重要。'塌'字何意呢？《康熙字典》中说：'塌，坠也，近地之意，塌狀著地而安也。'有安定之意。从意思上来分析，塌是重量的自然下坠，接触地面而踏实安定。结合具体的词句来理解，下塌外碾，就是肘部下坠手向外碾转。松裆塌劲，就是前腿弓膝，前腿一侧的裆松开裹合住，后腿一侧的胯螺旋拧开，后膝往下坠塌。即前面发劲，后面的胯、膝必须坠塌。或者说，只有后面的胯、膝坠塌，前面才能发劲。注意塌字的意思，是重量的自然下坠，既然是重量，就不能把刻意的力掺和进去，松、柔的螺旋运动中是重量在起作用，只有用塌或坠字，别的字无法涵盖此义。再可以从塌字的组词来理解其义，比如，塌实。一塌就实。塌裆劲，即身体的重量螺旋下坠，一侧的裆部裹合住通过腿接触地面而塌实，松沉螺旋坠下去的重量到地面上，地面会反回来同样作用力，通过

178

腿、腰裆、手发到对手的身上。前发后塌，塌发同时。没有后面的塌就没有前面的发。塌的好坏，直接影响到发劲的大小。越松柔自然，塌下去的重量就会更大，从腰裆螺旋的劲力也就毫无滞碍地传导，劲力就越强。塌是松的结果，塌得越瓷实，就说明松得越到位，发出来的劲力就越大；反之，则越小。"

有徒弟问："拳中的'松''柔'二字如何理解？"

水宗一答道："拳中要求的'松''柔'就是自然。但这个自然是按照规矩练出来的自觉性自然，已经不是你夹菜吃饭的自然了，要不你夹菜吃饭咋吃不出功夫来呢？太极拳练习是照着规矩下功夫，不按规矩，就是下了功夫也练不出来。'松''柔'就是练拳的软规矩，不太容易掌握。为何要'松''柔'呢？不'松''柔'就不能灵活螺旋，不'松'之紧是假紧，不'柔'之刚是拙刚。

"想要理解'松'，先必理解'紧'。'紧'，缠丝急也。那么，'松'可以理解成'缠丝缓也'。'松'字有'从容'之义。因此，'松'就是缠丝时缓慢从容即可。'紧'和'松'并不是直线的拉紧和放松，而是缠丝的急和缓。注意呀，太极拳发人时的一紧，就是缩小加密急速缠丝。'紧'本来就是在说缠丝的速度，与太极拳理高度契合。你们想一想，如果不理解字的本义，就无法理解拳理。作为太极拳理软规矩的'松'，不能仅理解成与'紧'互为反义的'松'，要上升到一个高度，即'松'里同时包含着'紧'与'松'，既是不紧之松，又是不松之松，急缓适当，从容自然。与'紧'互为反义的'松'是一种身体的感觉和体验，而作为规矩的'松'则是一种状态性追求。后者包含着前者。比如，佛法说'诸行无常，是生灭法，生灭灭已，寂灭为乐'，其中'灭'就和我们这里讲的'松'差不多，'生灭灭已'出现了两个'灭'，前一个'灭'与'生'相对，共同构成'生灭'的这一过程，而后一个'灭'是把前面'生灭'这个过程'灭'掉，从而超越了'生灭'，进入不生不灭的状态。因此，'松'是将'松紧'这对关系也给'松'掉，不能刻意地去找'松紧'，从容自然就好。这样就不会出现一松就懈，一紧就僵等过犹不及的状况。可以这样说，'松'是融和了'松紧'，自然了'松紧'，在更高的层次来驾驭'松紧'。这个也可以破除和回应一些人的疑惑，有人认为这样松松地练如何能实战呢？那不是'松'的错，是错误地理解了'松'，一味地松、松、松，全身松成一堆懈肉，除了挨打，还是挨打。真正的'松'再怎么强调也不为过。静中松，松出结构；动中松，松出通活。静中松相对易，动中松难上难呀。

"同理，'柔'也要这样来理解。'柔'，木曲直也。木有曲直之性就是柔。'刚'，有力而断之。这里的'柔'也不能仅理解成与'刚'互为反义的'柔'，'柔'里同时包含着'刚柔'这一对关系，即刚柔相济的状态。太极拳这种特殊的'松''柔'，只能用心意来实现，不能用力来做。全身只有头顶部虚领着劲，保持脊柱中正，中指领着一丝实劲，引领着缠丝的方向，身体其他地方皆不能用力。一强意用力，或刻意找这种特殊的'松''柔'就坏了。仅保证身体稳定完成螺旋动作的自然之力，不能多加丝毫的刻意、强意的人为之'松、柔'。其临界点是，再小一点就无法有效完成螺旋动作。

"只有按照这种特殊的'松''柔'要求下功夫练，练出来的才是缠丝劲。'松''柔'是练拳的要求，'紧''刚'是用法和打法，是缠丝瞬间缩小加密所释放出来的劲力，因此，被发出去或挨打的人感觉到掤劲的所谓'棉裹铁'，既松又紧，既柔又刚。

"'松'之'松紧'和'柔'之'刚柔'，如果没有螺旋运动来实现，最多就是个理论上的说法而已。'松柔'为实现瞬间的'紧刚'打击服务，这瞬间的'紧刚'必须用螺旋来实现。只有螺旋才能将'松紧''刚柔'这两对关系圆合为一。总之，'松'分为三个层次。第一层'松'是与'紧'相对的松，松身，松紧，松拙，松僵。第二层'松'是松心，松意。第三层'松'是松掉'松紧'这对关系状态，松掉刻意找'松紧'这对关系的心和意识。把松的意识也给松了，后天修炼返回先天，松出来一个太极心性。"

　　有徒弟问："何事能有助练拳？"

　　水宗一答道："我通过这么多年来的摸爬滚打，奇遇诸良师益友。学习，消化，吸收，有用的都化在太极拳中了，你们按照我教的规矩慢慢练、细细品，练久了自然就会知道了。倒是有些心得体会，不说出来恐怕你们一时也悟不出来。我的心得体会，除了良师益友之外，最能天天陪伴我的就是'书'了。此'书'有二，一是书籍。二是书法。

　　"书籍，代表着理论方面的知识和感悟。这些须练上身的，如仅是理论上探讨和研究，从书本到书本，从理论推理论，有意义但对于功夫来说作用不大。历史上很多功夫高手并不识字。况且很多拳谱拳经都是秘不外传的，我们也不一定能看到。但书籍仍然能给你提供一个超越现实的巨大理论空间，百艺之理，曲径通幽，殊途同归。在功夫上身的某个阶段或时刻，会潜移默化地瞬间提升你的功夫境界。

　　"书法，很多人认为是文人的事，与舞枪弄棒的武术不沾边。这是不明就里。事实上，书艺和武艺关系密切。孔子授六艺，有文有武。书法，武人也可为之。书法，练习和研究的是字的姿势，笔锋的轻重缓急、方向、角度、力度等，这些都涉及劲力的问题。而武术的核心就是劲力的运用。我们一般人看字，即使不懂书法，也会说这字写得有劲，那字软绵无力。这既是最基础的认知，也是高层次的评价。

"吾友刘子岳先生，一生手不离书、笔，对书法之艺近于痴狂。他说过王羲之的字是卫夫人教的，卫夫人有《笔阵图》传世，她把书法的笔画称为'银钩'，这个钩就是'丈夫只把吴钩'的钩。钩，利刃也。毛笔的毫头称笔锋，就取此意。张旭的狂草无人能及，他是在观看公孙大娘舞剑器后开悟。诗圣杜甫赞美李潮书法的诗云：'况潮小篆逼秦相，快剑长戟森相向。八分一字值千金，蛟龙盘拏骨肉强。'因此，古代的书法家从武术家的身法、手法、剑法中悟得笔法和劲力，再通过笔锋糅到绢纸上，通过字形、字势保留下来。在武术高手眼里，这些线条的刚柔、粗细、长短、轻重、枯润就是身法中内劲的表现。古人通过武术悟通书法的内劲之道，今人也可以通过古人留下的含有内劲之道的书法，反推出内劲之密来。"

水宗一前面讲的是拳理、拳术，徒弟们都在练拳，虽然文化程度高低不等，却都能听懂。但这一番话几近于学术考据推理，一些文武皆修的资深老徒弟们听得三魂出窍，激动万分。一些文化水平浅的听得面面相觑，不知所云。内劲之密竟然就藏于悬挂墙上任人观赏的书法作品之中，真是闻所未闻，有着石破天惊的震撼。

水宗一谈兴正浓，一吐为快："我曾在灵岩寺看过一幅字'无漏'，竟如同我爷爷活着时的精神面貌一样。自然而然，无懈可击，一触即发。字的骨、筋、肉和人一样，功夫高手的动作姿势，刚柔相济，拳练得和跳舞一样，忽忽悠悠，忽隐忽现，无形功夫内劲化于有形的柔美动作之中，煞是好看。

"我汉家武术源远流长，大清入关后，因怕对皇权有威胁，对江湖武林控制得很严，武术渐渐隐藏在民间乡野，最多也就是走镖为生。清初文武兼修的大家傅山，业儒通武，医术高超，书法了得，自创朝阳拳。因反清复明无望，就将一腔愤慨和着一身的武功，都狂草在纸上。我在刘子岳家见过傅青主的书法，通篇一气呵成，似一笔而就，字断气连，线条弧柔圆通却筋力铮铮，内劲绵绵不绝，剑势拳意，满纸挥洒，文之雅，武之雄，表现得淋漓尽致，我从中获益匪浅。

"武人喜欢藏功隐形，功法不传六耳，打人不露形。而书家的功夫却需要通过字来表现，可以劲力内敛，却藏不得。我也没有想到，功夫之密竟然能通过书法这种明诀图形，得以保留传承。武术初级阶段是要靠准确无误的动作来练习，到了高级阶段都化了，与书法内劲一样，高度抽象了。无招，却全身都是招。不是没有，而是大有，处处皆有。不是无形，而是化成自然与心身融合。"

有徒弟问："太极拳是最高级的吗？"

水宗一答道："最字不敢说，高级可以讲。每个拳种都有其特长和妙处。练好了都能强身健体。太极拳何敢称最呢？王宗岳在《太极拳论》中说，'斯技旁门甚多，虽势有区别，概不外乎壮欺弱，慢让快耳。有力打无力，手慢让手快，是皆先天自然之能，非关学力而有所为也'。这里面所说的，别的拳都是运用身体的自然之能，即以壮欺弱，以快胜慢。多数拳种不但强调身体的自然之能，还强化这种自然之能，即模仿各种飞禽走兽的姿势和捕食特点，重点练习。

比如有鹰捉，虎抱头，鸡足，熊膀，螳螂刁手等。当然这些练习都很有用，能出真功夫。但这些恢复或强化身体本能的练习方式，却不是太极拳的练习思路。模仿猫捕鼠，并不见得高明。一则是猫捕鼠是天性，二则是猫本来就比鼠高大、强壮、快捷。太极拳如果有模仿的话，也是模仿兔子蹬鹰的时机和方法。因为兔子的力小，也没有鹰快，但通过对时机的把握和用突然的冷劲蹬击鹰的软腹来取胜。

"太极拳很少模仿动物姿势和动作，虽然有白鹤亮翅和野马分鬃两三个动作，也只是取其象形，内劲走的还是缠丝劲。这说明太极拳已经超越了模仿动物身体本能特长的练习，将理性和智慧引入拳术中，关学力而有所为。从众多动物的特长中提炼出来抽象之理加以综合。把自然界的动物之强抽象成两大类，即阴和阳。虎、熊、鹰等为阳刚，蛇、鹤等为阴柔。这两大类动物之特长通过一个'S'形螺旋成一个整体。学习，练习，这两大类特长的作用和关系。因为是两大类动物之特长螺旋在一起相反相辅的抽象，所以，太极拳所模仿的不是一种具象的动物，而是高度抽象的哲理，再把这种哲理化为拳理，高不高级，你自己判断吧。"

有徒弟问："太极拳口诀曰，一阴九阳跟头棍，二阴八阳是散手，三阴七阳尤觉硬，四阴六阳是好手，唯有五阴并五阳，阴阳不偏称妙手。如何理解？"

水宗一答道："先贤有'知行合一'，我模仿其意，也可以说'理身合一'。武文两极，理却一道。有相同，有不同。文理自圆其说即可，能不能实行，则另当别论，且实行之结果短时间内也看不到。武理却不能仅自说自话，理上再通，一试手，立马见分晓。理通而身败，是理错了？还是练错了？理上参悟容易混乱，同样一个理却能产生不同的诠释。你有体证，犹如锤击。他无感觉，屁淡筋松。同样一个理，用不同的话表述，却又能曲径通幽。武理和文理既有一样的地方，又有不一样的地方。武理是靠实实在在的身体来显示理的具体存在和功效，不是抽象的空理，而是基于自身不脱离自身又高于自身的理，所以，武学更多的是身体直觉的体悟，而不仅是思想的感悟。武术乃搏命之技，涉及个人的生死存亡，虚不得，空不得，假不得。天人合一，天是一样的，人却不一样，不是抽象的人，而就是你自己。如果这个人不是你，或与你无关，你就是在空悟。那么，天也无法与你合一。空悟之理，解决不了具体事，空悟之理，是上不了身的。

"善道禅师初偈乐普问，一沤未发已前，如何变其水脉？乐普说，移舟谙水势，举棹别波澜。善道没啥感觉。又去问盘龙同样问题。盘龙说，移舟不辨水，举棹即迷源。善道却一下子悟道了。后来善道住木平，凡有新僧到来，不能参礼，先要去挑三担土。并有偈子说：'南山路仄东山低，新到莫辞三担泥。嗟汝在途经日久，明明不晓却成迷。'练拳嘛，理中参，身中验，缠丝一闪就不见。理身合一练中求，功成可欺理一头。

"你问的这个口诀是想说阴阳相济，但这样表述容易让人产生误解。太极图用'S'线来连接和分合阴阳，因此，不是静态的直线对称式'数'平衡，那样就滞死了，而是动态的弧线反对称式'质'平衡。有阴有阳更有中，阳中含阴，阴中含阳。大阴中有小阳，大阳中含小阴。中是阴阳动态螺旋而生出来。比如掩手肱捶，前手捶螺旋缠丝打击出去，你边打击边想着只能出五分力，否则就过了不平衡，这样即使打上对方，对方也能承受。掩手肱捶这一拳打出去，

185

必须是"一阴九阳"，通过腰裆的螺旋开合，将全身之力发将出去，才能产生惊人的打击力。前手捶为九阳，后手肘为一阴。一阴也不是蓄留住力，而是发出去。只不过方向相反，既能向后产生攻击，又能辅助前手拳的九阳，让其更有打击力。这才是打击时真正的动态平衡状态。绝对不是五阴五阳'数'平衡。所有的致命一击都是全力而为才能成。很多人认为，出拳都不能将胳膊伸直，是曲臂留力，这是误解。你用全力也不一定能打过比你强壮的对手，别说留着力了。曲臂是指最完美的打击状态，即曲臂打击作用到对方身上的力量最大，手臂完全伸直就没啥打击力了，更会被对方所乘。要实现曲臂打击的最好方式，靠近对方，或诱使对方全力向自己冲来，这样可以曲臂迎击。当距离远时，要用腿法和身法，让自己贴近对方从而进入可以曲臂打击的范围，或者通过牵动、捋、採等方式，让对方靠过来进入曲臂打击的范围。太极拳中掤、捋、挤、按、採、挒、肘都是曲臂的。

"拳者，权也。搏击是在双方相对相互的运动变化之中进行的，这就会在时空里形成不同阶段的时机和顺背。太极拳是'与时屈伸，视机而动'的，在动态变化的情况下采取不同的对策。此一时不得势可以'柔从若蒲苇'；彼一时得先机更可以'刚强无不伸'。在各个具体的情况下，或柔或刚，或左或右，流于一偏，会于一极。这并不背离太极之理，而是更灵活的太极之道。也就是说太极拳不能囿于一时的静态'数'平衡，而是在整个过程中螺旋成动态'质'平衡，随遇平衡嘛。"

有徒弟问："只练基本功'画圈'能练出来功夫吗？"

水宗一答道："这个问题，我在回答别的问题时已经讲了。我再强调一次。这就好像学佛都要打坐一样。既然打坐重要，就拼命打坐。但事实上，光打坐是成不了佛的。基本功'画圈'能有助于练出缠丝劲，但单纯的画圈是画不出功夫来的。同理，练单式有助于出功夫，但仅练单式也不行，功夫出在整个套路里。这就如坐禅坐不成佛一样，不能将禅的奥义片面化了。若要深入悟禅，就要悟禅的整体。禅宗的坐禅相对于佛教其他宗派的繁杂是一种进步，但过于简单化和过于繁复其实都是走了偏门，真正的道是包容两极的中道。本家拳'温而厉'，为了防止柔过生软懈，所以，就有二路乾罡捶来调剂阴阳。但刚猛的东西似金石狼虎之药，又太过峻急，反而会伤害身体，轻柔慢温如中药，常年积累却能从根子上滋养。一路缠丝九九八十一式为体，二路乾罡捶八八六十四式为用，如炮似炸，实战活用。二路乾罡捶是一路的精化实战版，式子多数是由一路拳中的几个式子合成的。"

有徒弟问："何为太极拳正宗？如何判断太极拳的对错？"

水宗一答道："我们学拳有三种思想倾向。第一，以师为是。老师说的都是对的，这个不一定，我父亲一直强调不能起肘，有时看他随意练拳时也起肘。第二，自以为非。否定自己的一切，那你如何练拳悟拳呢？第三，自以为是。认为自己的体悟都是对的。此三种都有问题。前面我说过正反合，就是实事求是，合中为是。佛陀曾说，三法印是辨别佛法的标准，如果不符合三法印，即使佛陀亲口宣说，也非了义佛法。三法印即'诸行无常，诸法无我，涅槃寂静'。后来大乘佛教将之总结为'缘起性空'。也就是说，三法印是衡量佛法真伪的标准，而不是某个人。太极拳也有衡量对错的标准，那就是，'膝盖提坠化发巧，腰裆侧转尾闾翘，公转自转缠丝整，螺旋开合太极道'。编成三字经：'螺旋转，掤劲生，尾根旋，缠丝成。'今后看拳谱，看拳架，符合这三字经的就是我家太极拳，不符合的就不是我家的拳。"

有徒弟问："太极拳关窍在哪里？"

水宗一答道："《易经·文言传》有云：'君子黄中通理，正位居体，美在其中，而畅于四肢，发于事业，美之至也。'道家曰玄关，佛家称禅关，儒家称黄中，其实指的都是一回事。古语云：'修炼不知玄关，犹入黑夜一般。'功夫的玄关，一般指脐下三寸——丹田，把丹田练充盈了，再外扩到腰背四肢。而太极拳练的却不仅是这个。太极拳的黄中关窍不是死的，而是活关窍，不是某一处固定位置。故曰：'黄庭一路皆黄中。'真正的黄中活窍，是在松虚极笃、气神交和时，六阴之底，一阳腾升，便是真正的黄中。此黄中，活泼泼，浩燃燃，水火合之，阴阳济之，语言不能形容，一说即死，功到即显，功歇即隐。功发，活动中，任督二脉处处皆是；功停，静止处，无处可寻。

"只知阴阳，不知中和，不懂三，就不明关窍。搓绳子，必须三股才能拧成一根绳。太极拳处处皆螺旋，都是将三对六个方向（前后、左右、上下）搓成一束整劲。阴阳好见也好练，中嘛，却是看不见摸不着讲不清的东西，是东西，也不是东西。懂得中了，再去看太极图中的阴阳鱼，就能看出动意、活意、整意、缠丝意来了。"

刘辉问："练和用有何区别？"

水宗一答道："练时松柔慢圆，为的是找到最准确最规矩的螺旋运动方法和缠丝劲力，快、硬、紧皆要戒掉。用时缩小加密即可。子曰：'书不尽言，言不尽意。'指导世界万物最高的是'道'。'道'

呢，又和说话的'说'字是一个意思。那我今天所说的，能不能算是道呢？我也不知道，很多东西玄而又玄，说不清。你们不能抓住一点就认为摸到大象的全部了，要从整体上来体认、体悟。华夏文化内涵深厚，博大精深，太极拳只是其中开出来的一朵美丽的花，但就是这朵美丽的花就够我们琢磨一辈子了。我活到了七十二岁时，以为自己很强了，到顶了，出去一接触，才知道外面开着很多花儿，争奇斗艳。重新来学拳、悟拳，也仅是略懂一二。今天你们随便问，我呢，信口地答，无头无尾，不知所云，前方的路无止无境。我们一道探索吧！"

拾贰 缠丝尽在一书中

年二十九，雪后初晴。家家都在准备和贮备过年的吃喝，做酥锅的做酥锅，磨豆腐的磨豆腐。水宗一已经练完了三遍拳和一遍翔龙剑，正站着享受烟味的醇香。水宗一每天必做的事：五更起，先抽袋烟，提痰醒神。晨起一袋烟，将一夜攒在体内的废液体，提上来咳出去，神清气爽后，喝一杯茶，才出去练功。回到家中，抄写论语，练书法。年轻时写字有一腔热血，字里行间都充斥着一股霸气，虽然有太极功夫松圆融通，但也内敛不住时时外露的锐劲。字的横、竖、撇、捺收笔处，顿笔回锋，锋是回了，力劲却出来了。按照刘子岳的说法，就是字里火气大。到了这个年龄，经历如此多的境遇，太极功夫已臻完美，随手即化，已不稀奇。生活教拳，接人待物，荣辱沉浮，也是物来顺应。好事歹事，事来了只是如剑划水，剑出水如常，心里连一点涟漪也不产生。却能时时涌出欣欣然，柔善慈悲。这段时间写字，字写得如水一样，静静的、柔柔的、款款的、流流的，有时字态还会有几分羞涩、几分稚嫩。捏笔的手，一点也不用力，这不能叫捏、握、执。就是手指肚子的皮肤松松地贴着笔杆，只用一点皮肤和笔杆的摩擦力粘着笔。松肩坠肘，一点点书写着心意，然后就任由笔锋和纸亲密接触，有时写着写着，笔竟能写掉了。彩虹和尚说过，密宗大手印最高境界是子母光明会，把自己的子光明和法界空性母光明融为一体。他现在就似乎有了感受。儒家素拳的天人合一，此时更是心即世界，世界即心。动静皆有，吃喝拉撒睡，也不分离。

写着，写着，发现同样一首诗，现在写和十年前写，外形内涵皆不一样了。他临帖少，读帖多。小时候临读颜体，在近十年来却有意无意地筛去了。文脉的传承和功夫一样，既不是外形一样，也不是内里一样，而是那东西身上有了，会妙用了。这个有是双有，一是有了传统的内核，二是有了自己的新意。没有传统内核的新意是无根之萍，近似胡闹；没有新意的传统最多是个贩卖传统的匠人。

写着，写着，忽地灵光乍现。忙铺上一张新宣纸，挥笔而就，一气呵成，写了首自己刚想出来的一首词《诉衷情令》：

> 初阳一道照寒枝。
> 阴晴兆天机。
> 趯锋挥毫泼墨，飞白带游丝。
> 缠智劲，显真知，做明师。
> 剑书同脉，至武为文，都付于斯。

嗯，文、字、意皆满意，即使到了后世太极拳失传了，通过此文此字也能窥得，悟出，续上。

忽然，有人来报丧，说刘子岳去世了。刘子岳留有遗嘱，墓碑碑文请水宗一写。水宗一平时写字皆小笔，并无写榜书的大笔，也等不及去买，正好看到刷锅把子，顺手拿过来，小茶杯粗细，大小适中。饱蘸浓墨，情溢心怀，五个字一挥而就，刘子岳之墓。写罢，扔了把子，不觉泪流满面。刘子岳一代大儒，竟然让自己写碑文，不仅视自己为知己，也是对自己书法的认同。这么多年来，或文或武，能和自己谈得来的不多，自己的很多太极拳心得理论都是在他的启发下形成的。斯人已去，世间再无一知己，能不痛心吗？痛中就生出一股巨大的孤独感，这种孤独感在父亲去世时产生过。那时年轻，不是太懂，只是觉得和自己有着天生血缘关系最近的人离去了，那是身体的孤独。此刻的孤独却是精神的。记得有次看书，看到一段故事。庄子送葬，经过惠子墓地时，对身边的人说："郢城有个人用白泥涂在鼻尖，只有像蝇翅般大小，让一名叫石的匠人用斧头砍掉。匠人石挥动斧子呼呼作响，漫不经心地砍削白泥，郢人站在那里纹丝不动，面不改色。最后白泥被砍削得干干净净，而郢人的鼻子却一点没有受伤。宋元君听说此事，将匠人石叫来说，'削给我看看。'匠人石说：'我确实能够砍削鼻尖上的小白泥。但可以配合我的伙伴已经死去了。'"庄子讲完故事后，一声长叹："惠子死后，我也找不到可辩论的人了。"当时看后，就当故事感慨一下，但此刻书中的故事竟在自己身上出现了，才感受到那种失去懂得自己人的痛苦。痛到极处，觉得活着也没啥意思了。太史公作史记，记的都是大事和大人。平凡的人生死就如小草一样，无人知晓。凡人活在亲人和朋友的眼里，假如这个人的亲人和朋友都不在了，这个人活着和死了没啥区别。因为，外界没有人知道他是活着还是死了，他的死活与别人也没啥关系。水宗一这样想着，叹着，坐了一上午也没有动，家人只当他因刘子岳死了而难过，也没有人来管他。

刚吃过饭，又有徒弟来送信，中野横二死在家中，破腹自杀而亡。给水宗一留下一封遗书。水宗一心中又是一悲，打开了信。信是蝇头小楷写的，正是中野横二的笔迹。

义父，冬安。感谢这几年来的教诲，使我对太极拳和中国文化有了更深层次的理解和感悟。为啥文化如此相近的邻国却要兵戎相见？我身处两难，既不想伤害义父，又不能无功而返，只能以我们日本人认为最美的方式自我了断。再次跪拜！

信并无时间落款，看来是早就写好了的。水宗一又是许久未出声，还是愣愣地坐着。

大年三十。年饭后，夜幕中，水宗一家的屋前屋后，飞来很多大鸟，这个时节很少有鸟儿出现。一只落在卧室窗子上，水宗一的三儿子觉得奇怪，出门想轰走鸟儿，到外面一看，自家的房子上都落满了大鸟。更蹊跷的是，隔壁邻居家的房子上却一只鸟也没有落。老三进屋告诉父亲外面有很多大鸟。水宗一说："好！来鸟好！"你去通知在济南的所有弟子到我家来，我有话说。说完就回到书房罗汉床上盘腿坐下来。

不一会儿，来了三十多个徒弟，屋里屋外站的都是。儿孙们也都围在水宗一身边。

水宗一说道："我九十有九了，阳寿高于先祖。小时候算命先生说我九十一岁有一关，我多活了八年。男人的身体每八年一个周期就会发生变化，这多出来的八年的光阴，也许是我一辈子传习太极拳的阴骘吧。先祖杀倭起家，杀倭悟拳，我也杀了日本的高手，也算承志了，对得起先人。教授日本人练拳，有两个原因。一是日本人对创拳做出了牺牲，杀他们悟出的道理，再还给他们，有警示，

193

也公平。二是此拳的哲理以儒家为主，兼蓄佛道，儒家宗旨为天下开太平，不能华夏独享，应该走向世界，让全球人都能享受太极拳带来的心身健康和愉悦。这也是尔等的责任。我一生信奉自己总结的'三不'：练拳不起肘，遇事不生气，为人不投机。我这一辈子只做了一件事——练拳、传拳、释拳。练的是家传太极拳，传的是融入我风格的太极拳，释的是家宝也是国宝太极艺。这本《实用太极艺》书稿，我五易其稿，对姿势、规矩、用法都有详细的描述，生怕看的人不懂，到最后只说简要关键。书从越写越厚，到越写越薄，记录了我学拳、练拳、传拳、释艺的整个心路历程。我走之后，将书出版，后世子孙，如传我艺，以此书为准，不得枉自添加删减。济南因泉水得名泉城，希望未来还要有个因太极拳而得的名'拳城'。"我吟一首五绝，诸君请牢记：

良工心独苦，

太极润心身。

智劲融于道，

功夫即做人。

儿孙和众徒弟还在等待水宗一接着往下说，水宗一却一言不发了。停了一会儿，站在水宗一身边的刘辉觉得不对劲，用手扶了一下水宗一的肩头，水宗一一动不动，刘辉凑近看时，水宗一已经神归净土了。"师父！"刘辉一声大喊。这一声，真情喷涌；这一声，撕心裂肺；这一声，如馨似钟；这一声，涵盖千万。感激、感恩、感动、感悲、感怀都有。仿佛在为水宗一送行，又像是对水宗一一生的评价，却又似在呼唤先贤的精神魂魄永留世间，照亮和指引后人前行的道路。"师父！"众徒弟齐声呼喊。"师父！"多么伟大的称呼呀。一日为师，终身为父。多少代人家中香案的牌位上都有"师"字。父之伟大，在血缘，在养育。师之伟大，在严教，在传薪。"师父！"众徒的呼喊声，从屋子里传了出来，带着特定的情感和信息，一漾一漾地传递着，向着四面八方，向着寰宇苍穹。"师父！"那呼喊声仿佛有着极大的感染和回响，苍茫中，似乎有无数个呼喊在回应。